노가다 가라사대

청년 목수의 '건방 쩌는' 건설 현장 이야기

노가다 가라사대

ⓒ송주홍, 2022

초판 1쇄 2022년 11월 30일 펴냄
초판 2쇄 2023년 1월 25일 펴냄

지은이 송주홍
펴낸이 김성실
책임편집 박성훈
표지 디자인 형태와내용사이
제작 한영문화사

펴낸곳 시대의창   **등록** 제10-1756호(1999. 5. 11)
주소 03985 서울시 마포구 연희로 19-1
전화 02)335-6125   **팩스** 02)325-5607
전자우편 sidaebooks@daum.net
페이스북 @sidaebooks
트위터 @sidaebooks

ISBN 978-89-5940-797-2 (03810)

이 도서는 한국출판문화산업진흥원의 '2022년 우수출판콘텐츠
제작 지원' 사업 선정작입니다.

노가다 가라사대

청년 목수의
'건방 쩌는'
건설 현장 이야기

아거야 누애오쇠이

시대의창

정신없이 끌려간 첫 현장에서
나는 '어이~'였다

2018년 여름이었다. 내 나이 서른둘이었다. 그해 여름은 유독 뜨거웠다. 그때 난 하루 숙박비 2만 원인 싸구려 여관방에서 지냈다. 주인에게 10만 원인가를 먼저 주고 일주일째 묵던 참이었다.

싸구려 여관방에서 탈출하다

요즘은 찾아보기도 힘든 구형 벽걸이 에어컨이 터덜터덜 힘겨운 기계음을 내며 돌아갔다. 쿰쿰한 곰팡 냄새가 코끝을 스칠 때마다 담배를 꺼내 물었다. 그 방에서 나는 일주일 동안 가만히 누워 있었다.

갈 곳도 없고 할 것도 없고, 무엇보다도 돈이 없었다. 그때 내가 가진 거라곤 팔아봤자 똥값밖에 못 받는 자동차 한 대와 통장에 든 150만 원이 전부였다. 원래부터 가난한 인생이었던 데다 아무 계획도 미래도 없었다. 그나마 가진 돈을 허투루 쓸 순 없었다. 그래서 싸구려 여관방에 기어들어 갔고, 가만히 누워 있었다.

막 이혼한 참이었다. 지금은 전처가 된 그 사람 고향에서 함께 사업을 준비하던 와중이었다. 함께 살던 집도 그 사람 친정에서 마련해준 거라 '정리'는 생각보다 심플했다. 내 몸뚱이만 빠져나오면 되니까. 사업도 엎어졌고 머물 집도 없는 상황이라, 내가 그 지역에서 지낼 이유가 없었다.

어디로 가야 하나. 몇 가지 짐을 차에 실으면서 생각했다. 부모님께 이혼했다고 말할 자신이 없었다. 미룰 수 있다면 최대한 미루고 싶었다. 친구와 지인에게도 연락하기 싫었다. 그때의 난 그게 조금 '쪽팔렸다'.

갈 데가 없었다. 내 고향으로 방향을 잡았다. 그래도 거기가 마음이 좀 편할 거 같았다. 그렇게 싸구려 여관방으로 기어들어 왔고, 가만히 누워 있었다.

그해 여름, 난 꿈과 현실 사이에서 잠들다 깨기를 반복하며 절망했다.

스물셋, 대학가에서 처음으로 자취를 시작했다. 그때도 통장에 150만 원쯤 있었다. 10년을 돌고 돌아 제자리로 왔구나 싶었다. 꼭 돈이 기준일 필요는 없으나, 모든 상황과 맥락이 바닥이었다.

10년 세월이 신기루처럼 느껴졌다. 내 딴에는 아등바등 산다고 살았는데 말이다. 어쩌다 상황이 이렇게 됐나 싶어, 절망했다. 이런 상황에서도 배가 고프고 똥이 마려워, 또 절망했다. 편의점에서 컵라면과 삼각김밥을 사서 나오다 통장 잔고를 보고, 절망했다. 컵라면과 삼각김밥을 먹고 배가 꾸르륵 아파 화장실 변기에 앉아, 또 절망했다.

정신과 마음이 피폐해 아무것도 할 수 없었지만, 먹고 살자면 뭐라도 해야 했다. 이 와중에도 먹고살 걱정을 하는구나 싶었다. 나 자신이 혐오스러웠다. 그런 나를 억지로 일으켜 세웠다. 그렇게 노가다판에 첫발을 디뎠다.

그게 벌써 5년 전이다. 가끔 그 싸구려 여관방을 생각한다. 내 인생 가장 밑바닥이었던 그때, 그 쿰쿰한 곰팡 냄새와 터덜터덜 돌아가던 낡은 에어컨을 생각한다. 여관방을 탈출해 노가다판에 오지 않았더라면 지금 난 어떻게 살아갈까. 살아가고 있긴 할까.

사람들은 노가다판을 인생 '막장'이라고 말한다. 하지만 난 그곳에서 다시 살아갈 용기를 얻었다. 다시 사람을 사귀었고 관계를 익혔다. 말이 아닌 몸으로 보여주는 동료들의 담담한 태도에서 다시 삶을 배웠고, 배우는 중이다.

그래서 이제는 "행복하다"라고 말할 수 있는 사람이 되었다. 이 책에 그 과정을 담으려고 애썼다.

떨리는 마음으로 인력사무소에 처음 갔던 날을 기억한다.

그전까지 난 흔히 말하는 '먹물'이었다. 대학을 졸업하고 줄곧 잡지사 기자로 일했다. 잡지사를 관둔 뒤에도 출판 콘텐츠를 기획했고 대안 언론을 만들어 먹고살았다.

당시 내가 어울렸던 사람들이라고 해봐야 엄숙한 표정으로 세상을 논하고, 책에서 읽은 것만이 진리라고 믿는 부류였다. 나 또한 그들과 크게 다르지 않았다.

인력소 사장은 날 보자마자 고압적인 태도로 반말을 해댔다. 그렇게 '정신없이 끌려간' 첫 현장에서 나는 "어이~"였고, 가끔은 "아이~ 씨부럴, 야!"였다. 함께 일하는 아저씨들은 내 이름도 나이도 묻지 않았다. 아저씨들은 내가 할 수 있는 일과 해야 하는 일을 구분해, 그저 턱짓과 손짓으로 지시할 뿐이었다. 아저씨들은 아무 데서나 담배를 뻐끔뻐끔 피웠고 가래침을 턱턱 뱉었다. 살면서 한 번도 경험하지 못한 낯선 세계였다.

흙바닥에 철퍼덕 주저앉아 레쓰비와 초코파이를 먹는 게 익숙해질 때쯤, 나는 다시 '펜'을 들었다. 내가 보고 듣고 느낀 낯선 세계를 글로 옮기면 재밌겠다 싶었다.

실은, 그렇게 낸 책이 나의 첫 노동에세이 《노가다 칸타빌레》다. 노가다 잡부로 시작해 목수가 되기까지 좌충우돌하는 과정을 담았다. 이 책은 그 후속작인 셈이다.

이실직고하자면 전작에선 '먹물'이 좀 덜 빠졌다. '이방인'으로서의 시선이 얼마간 담겼다. 반면, 이 책은 '완숙한' 노가다꾼으로 쓴 책이다. 낯선 세계가 아닌 내가 너무나 잘 아는 세계, 내가 발 딛고 살아가는 세계에 관한 이야기다.

앞서 언급했듯, 이 바닥에 들어온 지 어언 5년이다. 그 시간을 지나오면서 새삼 깨달은 점이 하나 있다. 이 바닥 또한 별반 다르지 않다는 것.

하루도 안 빠지던 성실한 형님이 안 나와서 다음 날 자초지종을 물었더니, 형님은 뒷머리 긁적이면서 "어어. 어제 마누라 생일이라 나들이 다녀왔어. 허허" 하는 모습이라든가, 미국 어디에선가 박사까지 취득하고 돌아온 딸이 어느 대기업에 들어가 월급을 얼마나 받는데, 그 딸이 최근에 아들을 낳았다면서 "고놈 주먹코가 나를 쏙 빼닮았더라고. 이래서 피는 못 속이는 갑네~. 여기 사진 봐봐" 하고는 핸드폰 속 손주 사진과 자기 코를 비교해 보이는 모습이라든가, 아내 몰래 월급 얼마를 '삥땅'쳐서 비싼 낚싯대 하나 샀는데, 그 낚싯대로 붕어를 스무 마린가 삼십 마리를 잡아서 즙을 내려 아내를 먹였으니, "이걸로 삥땅친 건 퉁친 거 아니냐? 푸하하" 하면서 장난기 가득한 얼굴로 웃는 모습까지.

이게 내가 함께 일하고 어울리는 형님들, 아니 노가다꾼들 모습이다. 그렇다. 이 바닥 또한 보통 아저씨의 평범한 밥벌이 현장이다. 특이할 것도 대단할 것도 없는 그 평범함을 전하고 싶다.

초등학교 3학년 때였다. 그때는 매일 일기 쓰는 게 숙제였다. 담임선생님이 아침마다 일기를 검사했다. 지금 생각해보면 말도 안 되는 일이다. 일기를 검사해? 왜?

아무튼, 당시 담임선생님이 엄마한테 전화해 "어머니, 주홍이는 일상을 이야기로 만들고, 그걸 글로 재미나게 풀어내는 재주가 있어요"라고 했단다. 엄마가 두고두고 얘기해서 잊지 않는다.

칭찬받고 싶어서 글쓰기를 좋아하게 된 건지, 원래 글 쓰는 걸 좋아해서 칭찬을 받게 된 건지는 모르겠으나, 그것이 내 인생 최초의 '자각'이다. 아, 나는 글 쓰는 걸 좋아하는 사람이구나.

그 이후에도 줄곧 글을 썼다. 부끄러운 얘기지만, 〈싸이월드〉에서 '글발' 좀 날리던 시절도 있었다. '갬수성' 예민한 고등학생 때는 습작노트를 항상 들고 다녔다. 그때도 거창한 목표가 있지는 않았다. 그냥, 글 쓴다는 행위 자체를 즐겼다. 글의 완성도나 결과와 무관하게.

서른여섯 먹은 지금도 마찬가지다. 글 쓰는 게 좋다. 그냥, 막 좋다. 망치질하는 틈틈이 글감을 고민하고, 책상에 앉아 컴퓨터를 켜고, 좋아하는 음악을 들으면서, 샷 추가한 아이스 아메리카노를 마시면서, 문장과 문장 사이를 헤매는 그 일련의 과정이 세상에서 최고로 즐겁다.

망치질은 또 어떻고. 한때 글 써서 먹고사는 게 과연 내 천직이었던가 싶을 정도로 노가다 일이 적성에 맞았다. 몸을 써서 움직여야 무거운 걸 옮길 수 있다. 그게 확인되어야 일당을 받을 수 있다. 나는 그 단순명료함에 매료됐다.

거친 기계음과 뿌연 톱밥이 뒤엉키고, 몸과 몸이 부딪치고, 서로의 땀을 비벼가며 건물을 한층 한층 쌓아 올릴 때마다, 나는 완벽에 가까운 아름다움을 느끼곤 한다.

이런 맥락에서 이 책에 실린 모든 글은 나의 사적 유희에 불과할지도 모르겠다. 글 쓰는 게 좋고 망치질이 즐겁고, 그래서 망치질하는 이야기를 글로 쓸 때 제일 행복한 노가다꾼의 이야기니까. 그래서 부끄럽고 민망하다.

그럼에도 책 내길 주저하지 않았던 건, 한편 글쟁이로서 내가 가진 사명감 비슷한 것 때문이다. 잊히고 사라지는 수많은 현상과 맥락 속에서 보편타당한 진리를 더듬고, 그걸 기록하려 한다. 이게 글쟁이로 살아온 지난 시간, 날 버티게 한 명분이었다.

내가 쓴 글에, 내가 만든 잡지에 회의감이 들 때마다 나는 이게 기록할 만한 가치가 있는지를 생각했다. 내가 취재한 시골 마을 이야기를 누군가가 고리타분하다고 비난할 때도, 난 기록해두어야 한다는 사명감 비슷한 걸로 버텼다.

함께 일하는 형님이 일당 1만 2000원 받으면서 도시락 들고 집 지으러 다니던 시절 이야기를 해줄 때도 나는 기록해야 한다고 생각했다. 적어도 나는 형님들 얘길 들으며 '한강의 기적'으로 포장

된 신화에서 벗어날 수 있었다. 이런 이야기야말로 성장 신화의 그늘에 가려진 진짜 노동의 역사가 아닌가.

썼던 글을 다시 훑어보니 요원하긴 하다만, 어쨌든 그런 이야기를 기록하려고 노력했다. 그리하여 이 책이 나의 사적 유희만이 아닌, 기록으로서의 의미도 함께 지니길 바랄 뿐이다.

글 쓰는 노가다꾼

송주홍

목차

004   프롤로그

정신없이 끌려간 첫 현장에서 나는 '어이~'였다

희망을 버려 그리고 힘냅시다

017   노가다가 동네 개 이름입니까?

022   노가다 3년 차, 월급통장 공개

028   오뎅이면 어떻고, 어묵이면 어떠랴

035   살아지는 삶 말고, 살아가는 삶

039   포도알 스티커 모으기

049   그래요, 제가 카푸어예요

057   항문 수술과 일용직 그 사이에서

061   그냥 좀 쉬면 안 되나요?

067   당신은 집주인이신가요?

075   서른여섯, 노가다, 월세, 이혼남

080   인생의 아이러니를 대처하는 법

085   희망을 버려, 그리고 힘냅시다

결국엔 사람

095   한쪽 눈을 잃어도 끼니는 찾아온다

101   오줌으로 만든 아파트

109   왼손잡이 목수

117   공부 못하면 반장도 할 수 없다고요?

120   법보다 무서운 오야지

126   우리에겐 메딕이 없다

132   그저 운이 좋았을 뿐

137   슈퍼마켓 빵 누가 먹느냐고요?

143   최고의 구경거리

148   노가다판 배틀로얄

155   행복하다고 말할 수 있는 것만으로도

162   1955년생 일영 씨

168   결국엔 사람

노가다 가라사대

177 노가다꾼이 되려면

185 기술은 어디서 배우지?

193 하마터면 다시 회사에 갈 뻔했다

202 멋없는 어른 되기

208 양아치 선언

213 폭염에 점퍼를 입은 남자

218 글쓰기가 노가다만 같았으면

222 '대학 따위'라고 말할 수 있는 세상

226 니가 싼 똥 니가 치워!

233 촉촉하게 젖은 사람들

243 '딜리트'가 아니라 '데나우시'

희망을 버려
그리고 힘냅시다

노가다가 동네 개 이름입니까?

'리니지'라는 게임을 한번쯤 들어봤을 거다. 이런 류의 게임을 RPG *role-playing game* 라고 한다. 소싯적 RPG 좀 해본 유저로서 할 말이 있다. 오늘도 RPG로 이 밤을 지새울 그대에게 말이다.

반복적인 육체노동이 노가다?

먼저 RPG부터 설명해야겠다. RPG는 한마디로 '캐릭터 키우기'다. 전사, 마법사, 소환술사, 기사 등 여러 캐릭터 가운데 하나를 골라 성장시킨다.

처음 시작하면 사냥터에서 열심히 몬스터를 잡아야 한다. 그래야 레벨이 오르고 아이템이나 돈을 획득할 수 있다. 어느 정도 레벨이 오르면 화려한 기술도 구사하고, 다양한 아이템(무기·갑옷 등)도 장착할 수 있다.

본격적인 재미는 이때부터다. 캐릭터가 순간이동을 하는가 하면, 몬스터 수십 마리를 단칼에 잡기도 한다. 몬스터는 픽픽 쓰러지지, 아이템과 돈은 계속 쌓이지, 그때마다 내 캐릭터는 더 강해지지…. 밤새도 피곤한 줄 모른다.

도대체 뭔 얘기를 하려고 서두가 이렇게 장황하냐고? 이놈의 RPG 때문에 내가, 정확하게는 내 직업 '노가다'가 피해를 좀 본다. 어떤 피해냐. 부연 설명이 더 필요하다.

RPG는 게임 특성상 필연적으로 '저랩(레벨이 낮은)' 구간을 거친다. 쉽게 말해, 군대에 비유하자면 '훈련소'를 거쳐야 본래 부대에 배치받는 거다. 그 훈련소가 말하자면 사냥터다. 얘기했듯, 여기서 몬스터를 열심히 잡아야 한다.

문제는 내 캐릭터가 말도 안 되게 약하다는 점이다. 기술도 아이템도, 아무것도 없다. 시작할 때 기본으로 주는 '나무 막대기'가 전부다. 그에 반해 몬스터는 터무니없이 세다. 나무 막대기로 수십 수백 번 후려쳐야 겨우 한 마리 잡는다. 그런 몬스터를 수백 마리 잡아야 '저랩' 구간에서 탈출할 수 있다.

멍하니 앉아 마우스 왼쪽 버튼을 계속 클릭해야 한다. 그렇게 몇 날 며칠 게임 속 캐릭터와 나는 '반복적인 육체노동'을 해야 한다. 그래서 RPG 유저들은 저랩 구간을 '노가다'라고 말한다.

바로 이 지점이다. 게임을 하러 왔으면 게임이나 할 것이지, 왜 노가다를 들먹이냔 말이다. 노가다가 무슨 죄라고! 하하.

농담 반으로 말하긴 했다만, 이게 마냥 웃어넘길 문제가 아니다. 우리는 게임뿐만 아니라, 일상에서 아주 쉽게 "이거 완전 노가다네!"라고 표현한다. 이를테면 돌잔치에 나눠줄 선물을 포장할 때, 회사에서 분기별로 서류를 분류할 때, 연말에 창고 정리할 때 등 반복적인 육체 노동을 해야 할 때면 여지없이 노가다에 빗댄다.

반복적인 육체노동＝노가다. 이거 맞는 공식인가? 한번 따져보자. 건설 현장에서 일하는 걸 통칭해 노가다라고 한다. 그렇다면 인간이 먹고 마시고 싸고 자는 건물을, 반복적인 육체노동(노가다)으로 짓는다는 얘긴가?

건물을 지어봅시다

자 그럼, 여기서 건물을 한번 지어보자. 우선은 땅을 깊숙이 파야 한다. 그런 다음 물도 마시고 손도 닦고 똥도 싸야 하니까 상하수도 배관 작업을 한다. TV도 봐야 하고 가스레인지도 써야 하고 온수도 필요하니, 전기와 가스 배관 작업도 한다. 그러고 나면 흙을 다시 덮는다. 여기까지가 기초 공사다.

놀라지 마시라. 이제 시작이다. 철근콘크리트 건물을 짓는다 치자. 형틀과 철근, 전기와 설비, 타설 등 골조 공사가 이어진다. 말하자면 '회색 건물'을 올리는 거다.

여기까지만 해도 얼추 건물처럼 보이긴 한다. 일반인 눈으로 봤을 때 "이제 곧 입주하겠네" 소리가 나오는 때다. 앞으로 누군가 그런 소리 하면 이렇게 말해주시라.

"에이~ 건물 윤곽 나왔다고 공사 끝인 줄 알아요? 지금부터가 더 복잡해요. 콘크리트 벽 매끈하게 미장해야지, 여름에 시원하고 겨울에 따뜻하려면 단열재 붙여야지, 건물 외벽에 페인트를 칠하거나 벽돌을 쌓아야지, 창문이랑 방문도 달아야지, 화장실이랑 주방에 타일 붙이고 변기랑 세면대도 달아야지, 방에 도배하고 장판 깔아야지…. 어휴~ 아직도 멀었어요."

아주 간략하게 설명한 게 이 정도다. 이렇듯 건물을 한 채 지으려면 토목부터 전기, 설비, 형틀, 철근, 타설, 미장, 조적, 도장, 창호, 타일, 방수 기타 등등에 심지어 조경까지 무수히 많은 공정이 얽힌다.

그럼 또 이렇게 물을지도 모르겠다. 공정은 많지만, 각 공정에서 하는 일은 반복적인 육체노동 아니냐고. 나도 그런 줄 알았다. 그래서 형틀목수를 처음 시작했을 때 넉넉히 3년이면 일을 마스터할 줄 알았다. 반복적인 일이니까. 기술 몇 가지만 배우면 기공 대우를 받겠거니 했다. 턱도 없는 소리였다.

이 글을 쓰는 지금 나는 형틀목수 4년 차다. 아직도 멀었다. 배우면 배울수록 더 어렵다. 내가 특별히 못난 놈이어서 그런 것도 아니다. 내 입으로 이런 말 하면 웃기지만, 현장에서 나는 '일머리' 있다는 소리를 듣는 편이다. 그런데도 그렇다. 5년, 10년씩 배웠어도 헤매는 목수가 꽤 많다. 그만큼 노가다라는 게 간단치 않다.

물론, 내가 이렇게 구구절절 얘기하지 않아도 다들 알 거다. 알면서도 아무 데나 노가다를 갖다 붙이니, 내가 속상해서 이런다. 자꾸 그러니까 아이들도 '노가다꾼'이라고 하면 '단순하고 반복적인 일만 하는, 그래서 무식한 사람'인 줄 안다.

참, 그러고 보니 오늘도 RPG로 이 밤을 지새울 그대에게 할 말 있다고 시작한 글이었지.

"노가다가 동네 개 이름입니까? 아무 데나 갖다 붙이게."

노가다 3년 차, 월급통장 공개

인터넷을 돌아다니다 '추노'라는 단어를 접했다. 드라마 〈추노〉에서 출발한 은어 같은데, "일이 너무 빡세 일당을 포기하고 도망가버리는 것"을 두고 추노라 하나 보다. 여기서 중요한 건, '추노' 앞에 주로 '노가다'가 붙더라는 점이다. '노가다 추노 썰.jpg' 같은 게시물이 인터넷에 마구잡이로 퍼져 있다.

노가다꾼이 돈을 못 번다고?

그런 글을 몇 개 읽어보니 가관이었다. 누군가에겐 삶의 터전이고 꿈이자 희망인 노가다판이 온갖 조롱과 멸시의 대상이 되어 있었다. 이건 아니지 싶었다. 안 그래도 영화나 드라마에서 노가다꾼

희망을 버려
그리고 힘냅시다

을 묘사하는 방식에 불만이 많은 터였다. 다들 노가다꾼을 왜 그렇게 못난 놈으로 표현하는지 모르겠다.

① 사업에 실패하거나 빚쟁이에 쫓기는 남자가 당장 밥 먹을 돈이 없어 꼭두새벽 인력사무소를 찾는다.

② 먼지가 풀풀 날리는 공사 현장에서 소장한테 거친 쌍욕을 먹어가며 벽돌을 힘겹게 나르거나 삽질을 한다. 꼭 한 번씩 자빠진다. 남자 눈에서 눈물이 주르륵.

③ 해 질 무렵 소장에게 연신 머리를 조아려가며 만 원짜리를 몇 장 받는다. (머리는 왜 그렇게 조아려?)

④ 집에 와서 소주를 벌컥벌컥 들이켠다. 안주는 늘 라면. 그러면서 신세를 한탄한다. 한 손엔 자식 사진. 그러다 지쳐 잠든다.

이런 오해가 쌓이고 쌓여 노가다꾼을 볼 때면 "너 공부 안 하면 저 아저씨처럼 된다!"라는 소리가 나온다. 더 정확하게는 "너 공부 안 하면 가난하게 살아야 돼!"라는 말이겠지만.

역시 가장 큰 오해는 '노가다꾼＝돈 못 버는 직업'인 거 같다. 어쨌거나 우리는 자본주의 사회에서 사니까 '얼마 버느냐'는 아주 중요한 문제다. 그런데 노가다꾼이라고 하면 위험하고 힘든 일을 하는 데다가 돈을 못 버는 직업이라는 오해까지 받고 있다. 그러니 비뚤게 볼 수밖에.

최근엔 유튜브를 포함해 여러 경로를 통해 "노가다꾼이 돈은 잘 번다더라" 하는 인식이 퍼지는 듯하다. '설마, 그렇게 잘 번다고? 에이~ 극히 일부겠지' 하는 시선도 여전하지만 말이다.

분명히 말하는데 노가다꾼, 위험하고 힘든 일을 하는 거 맞다. 하지만 노가다꾼이 돈 못 번다? 여기엔 동의할 수 없다.

나는 나보다 어린 친구들이 노가다판을 편견 없이 봤으면 한다. 그래서 노가다판에 어린 친구들이 더 많아졌으면 좋겠다. 그 친구들과 노가다판에서 함께 땀 흘리고 싶다. 그리고 함께 지금보다 조금 더 건강한 노동 문화를 만드는 것, 이게 내가 바라고 꿈꾸는 노가다판이다.

그러자면 노가다꾼이 돈을 못 번다는 오해부터 풀어야겠다.

노가다 3년 차 연봉 5000만 원

나는 보기와 달리 제법 성실한 편이다. 2020년을 돌이켜 보건대, 그럭저럭 열심히 살았다. 그래서 사실 나 또한 궁금하기도 했다. 그해에 나는 도대체 얼마나 벌었지? 통장 정리를 했다.

자, 그럼 공개한다. 다음 쪽 표는 2020년에 내가 번 돈이다. 세금을 제외한 '실수령액'이다. 이것저것 설명을 좀 해야겠다.

먼저, 노가다꾼도 4대 보험에 가입된다. 법이 바뀌었다. 한 현장에서 한 달에 8일 이상만 일하면 자동 가입된다. 네이버에 '임금계산기'라는 게 있다. 거기에 연봉을 입력하면 국민연금, 건강보험,

희망을 버려
그리고 힘냅시다

고용보험, 근로소득세 등 세금 제외한 실수령액을 친절하게 알려준다. 그 계산대로 하면 2020년 내 연봉은 약 5000만 원이다.

월	출근일수	월급(원)	월	출근일수	월급(원)
1	24.5	4,560,290	7	8.5	1,583,730
2	26	4,779,050	8	13	2,271,940
3	21.5	4,123,620	9	16.5	2,949,810
4	23	4,318,460	10	20.5	3,697,100
5	15	2,904,920	11	23.5	4,280,330
6	18.5	3,558,630	12	16	2,856,480

실수령액 합계(1년 수입) **41,884,360원**

두 번째로 설명할 건 월급 시스템이다. 노가다판에서는 월급을 '출근일수×일당'으로 계산한다. 그럼, 당시 형틀목수 3년 차인 내 일당은 얼마냐. 현장 따라 오야지 따라 19만 원에서 21만 원까지 쳐준다. 21만 원 받을 땐 "젊은 놈이 열심히 하는구먼. 고생했어" 하는 격려가 좀 보태진 거다.

그럼 세 번째, 왜 이렇게 출근일수가 들쭉날쭉하냐. 형틀목수 기준으로 한 현장에서 머무는 기간이 평균 4~5개월이다. 다음 현장이 바로 이어지면 좋은데 세상일이라는 게 그렇지 않다.

내 경우에는 2020년 4월까지 괜찮은 현장(주말에도 일하고, 잔업도 좀 하는 현장)에 있었다. 5~7월은 떠돌이 생활을 했다. 그러다 8월쯤 새로운 현장에 갔는데 장마다, 태풍이다, 여름 휴가다 해서 일을 많이 못 했다. 9월부터 본격적으로 일해서 11월까지 '퐈이팅' 했다. 그러다 12월에 현장에서 나왔다.

노가다꾼의 삶이라는 게 늘 이렇다. 2020년 1~4월처럼 꾸준하면 좋겠지만 7~8월처럼 반백수로 지낼 때도 많다. 덕분에 여름에 실컷 놀러 다녔다. 보통 형틀목수 연봉을 평균 4500만 원으로 잡는 까닭이다. 철근, 전기, 설비 등 다른 공정도 대동소이하다.

돈만 보고 오면 절대 못 버틴다

세상 물정에 어두워 어떤 직업군이 연봉 4500만 원을 받는지 난 잘 모른다. 비꼬는 거 아니다. 진짜 모른다. 어쨌든, 대기업에 다니는 친구보다는 내가 조금 더 많이 번다. 물론, 친구는 승진도 할 테고, 각종 복지 혜택에 성과금이나 보너스도 있는 데다, 나중에 퇴직금도 받을 테니 단순 비교할 수는 없다.

그럼 이렇게 한번 비교해보자. 5년 전 나는 지역 잡지사 취재팀장이었다. 기자 경력으로 따지면 5년 차였다. 그때 내 연봉이 3000만 원 정도였다. 모르긴 몰라도 '지잡대' 문과 나온 지역 회사원이 입사 5년 차에 받을 수 있는 평균치다. 물가상승률을 고려해도 노가다와는 비교 자체가 안 된다.

내가 그동안 노가다판에 관해 여러 글 썼으면서도 월급까지는 구체적으로 밝히지 않았다. 나부터가 돈 때문에 이 일을 시작한 게 아니니까. 지금도 그렇다. 돈도 물론 중요하지만, 돈이 전부였다면 진작 그만뒀다. 그만큼 고달픈 직업임에는 틀림없으니까.

호기롭게 왔다가 금세 그만두는 어린 친구들을 숱하게 봤다. 그런 친구들은 하나같이 "돈, 돈, 돈" 한다. 그러니까 못 버티고 '추노' 한다.

돈보다는, 몸 쓰고 땀 흘리는 삶이 얼마나 매력적인지를 전하고 싶다. 그래야만 즐겁게 오래 일할 수 있으니 말이다. 내가 통장까지 깐 이유다.

오뎅이면 어떻고, 어묵이면 어떠랴

노가다 《표준국어대사전》에는 "막일" 또는 "막일꾼"이라 정의한다. "토목 공사 또는 그것에 종사하는 노동자"라는 뜻의 일본어 'ど-かた[도가따]'에서 파생했다.

한글은 쉽게 파괴되지 않는다

'길고양이'는 표준어일까, 신조어일까? 표준어. 정확하게 말하자면 2021년 8월 3일 표준어가 됐다. 국립국어원에서 발표한 2021년 2분기《표준국어대사전》에 당당히 이름을 올렸다. 사전에는 "주택가 따위에서 주인 없이 자생적으로 살아가는 고양이"라고 나온다. 이에 따라 '길고양이' 전에 사용하던 '도둑고양이'는 "몰래

희망을 버려
그리고 힘냅시다

음식을 훔쳐 먹는 고양이라는 뜻으로, '길고양이'를 낮잡아 이르는 말"로 풀이가 바뀌었다.

갑자기 웬 고양이 타령이냐고? 하하. 제목에서도 알 수 있듯 이번 글 주제가 표준어. 이 글을 읽어줬으면 하는 대상은 '표준어 제일주의자'들, 내 방식대로 표현하자면 '빨간펜 선생님'들이다.

내가 공공연히 '글 쓰는 노가다꾼'이라고 했더니만, 빨간펜 선생님들이 나를 가만 안 놔둔다. 국문과 졸업하고는 기자까지 했다면서 왜 자꾸 '노가다꾼'이라는 단어를 쓰냐는 거다. 일본어 투인데.

난 좀 엉뚱한 구석이 있어서 '왜?'라는 질문 참 좋아한다. 이 지점에서 한번 묻고 싶다. 일본어 투는 왜 쓰면 안 될까? 도대체 왜? 하하. 아마도 순간적으로 말문이 막힐 거다. 쓰지 말라고만 들었지, 쓰면 안 되는 이유를 아무도 설명해주지 않았으니까.

그래서 내가 찾아봤다. 일본어 투를 쓰면 안 되는 이유는 크게 두 가지다. 국어순화와 식민 잔재.

첫 번째는 국어순화라는 '당위'다. 우리는 줄곧 이렇게 배웠다. 국어를 마땅히 순화해야 한다고. 여기서 다시 한번 물어보자. 국어를 왜 순화해야 할까? 도대체 왜? 얘기가 점점 흥미진진해진다.

이 문제에 관해 한성우 인하대 한국어문학과 교수는 《말의 주인이 되는 시간》이라는 책에서 이렇게 말한다.

살아 있는 한국어는 방언의 집합체이지 규범집에 있는 표준어가 아닙니다. 각 지역, 온 세대의 말들이 뒤섞여 우리말을 이루는 것이지 백옥같이 흰 우리말이 존재하는 것은 아닙니다. 다른 나라 말에서 흘러 들어온 말도, 특정한 사람들 사이에서 쓰이는 말들도 우리말의 일부를 이룹니다. (중략)

소금의 맛은 짠맛으로 대표되지만 '맛있는 소금'은 마냥 짜기만 한 소금이 아닙니다. 갯벌에서 만들어진 천일염에는 각종 '잡성분'이 섞여 맛이 더해집니다. 심지어 봄날의 송홧가루가 염전에 내려앉아 만들어진 송화염을 최고로 치기도 합니다.

《말의 주인이 되는 시간》(한성우, 창비교육, 2020, 139~140쪽)

그렇다. '당위'를 걷어내면 일본어 투를 포함한 외국어, 줄임말, 신조어 등도 '봄날의 송홧가루'가 될 수 있다. 우리말 어휘를 더욱 풍성하게 해줄 수 있다는 얘기다. 그 자율성과 창조성 덕에 우리는 맛있는 '짜장면'을 먹을 수 있게 됐고, '길고양이'(사전에 등재된 발음이 무려 [길꼬양이]다. 얼마나 귀여운가!)라는 말을 쓸 수 있게 됐다.

그럼에도 '우리말 파괴'를 걱정하는 이들에게 한성우 교수는 같은 책에서 이렇게 일침을 날린다.

외국어로 인해 우리말이 파괴된다고 호들갑을 떠는 것도 역시 빼기의 방법입니다. 수천 년의 역사를 이어 온, 세계 14위의 사용자를 가진 한국어가 그 정도밖에 안 된다고 보는 것은 우리말의 힘

희망을 버려
그리고 힘냅시다

을 너무 빼는 처사입니다.

같은 책(107~108쪽)

'고구마' 대신 '스윗포테이토'라고 해야 할까요?

일본어 투를 쓰면 안 되는 두 번째 이유. 일본과의 악연 때문이다. 식민 잔재니까 쓰지 말란다. 이 문제는 등록문화재로 얘기해볼까 한다.

우리나라엔 등록문화재라는 게 있다. "지정문화재제도를 보완하기 위해 지정문화재 외의 근대문화유산 중, 보존과 활용을 위해 특별한 조치가 필요한 문화재"(《시사상식사전》)를 말한다. 2001년 문화재보호법을 개정하면서 도입한 제도다.

2002년 서울 남대문로에 있는 한국전력공사 사옥을 제1호 국가 등록문화재로 지정했다. 참고로 이 건물은 1928년 준공한 경성전기주식회사 사옥이었다. 한마디로 식민 잔재다. 비단, 이 건물뿐만 아니라 등록문화재로 지정한 문화재 다수가 일제강점기에 지은 건물이다.

그래서 등록문화재는 도입할 때도, 도입한 뒤에도 논란이 많았다. 식민 잔재를 왜 법으로 보호해주냐는 거다. 그 주장을 정서적으로는 이해할 수 있다. 식민 잔재를 청산하자는 데 반대할 '미친 놈'이 어디 있을까.

그럼에도 등록문화재 제도를 굳건히 유지하는 이유는 간단하다. 일제강점기에도 우리 국민은 살았고, 그때 지은 건물에도 우리 선조의 문화·예술·종교·기술·과학·건축이 그리하여 역사와 삶이 남아 있으니 법으로 보호해서 후세에 물려주자는 거다.

나는 일본어 투도 마찬가지라고 생각한다. 비록 일제강점기 때 생긴 단어일지라도 우리 국민이 사용한 말이고, 그 뒤로도 우리 할아버지·할머니·엄마·아빠가 줄곧 써온 말이다. 일본어 투 또한 우리 언어고 문화다. 역사고 삶이다.

그래서? 일본어 투는 '봄날의 송홧가루'이고, 우리 할아버지와 할머니의 언어니까 마구마구 쓰자는 얘기냐고? 하하. 물론, 아니다. 위에서 줄줄이 나열한 여러 이유로 무조건 없앨 순 없으니, 명확한 기준을 마련하면 좋겠다는 얘기다.

우리가 일상적으로 쓰는 '냄비', '택배', '게양', '담배', '고무', '구두', 심지어 '고구마'[01]도 일본어에 뿌리를 둔다. 그뿐만 아니라 '철학', '과학', '문학' 등에서 '~學(배울 학)'이 일본식 한자다. '배타적', '이기적' 등에서 '~的(과녁 적)'도 마찬가지다. 소유격 조사 '~의'도 일본 격조사인 'の[노]'에서 왔다.

국립국어원에서 엮은 《일본어 투 용어 순화 자료집》에 수록된 단어만 1000개가 넘는다. 위에서 예로 든 일본식 한자 표현, 격조

....
01 대마도 방언인 'こうこういも[코코이모]'에서 차용된 것으로 추정.

희망을 버려
그리고 힘냅시다

사 등을 생각하면 그 숫자는 기하급수로 늘어난다.

이 모든 말과 표현을 모조리 없앨 거냐는 말이다. '냄비'·'고무'·'구두'처럼 이미 오랜 세월 사용해 우리말이 되어버렸다던가, '고구마'처럼 대체할 적확한 단어가 없다던가, '~학'·'~적'·'~의'처럼 안 쓸 수 없는 표현 모두를 말이다. 어쨌거나 명확한 기준을 정해 쓸 건 쓰고, 없앨 건 없애자는 얘기다.

'쐬주' 한잔 찐하게 들이키련다

내가 '노가다꾼'이라는 단어 고집하는 이유도 그래서다. '노가다'를 대체할 적확한 단어가 없다.

'노가다'를 사전에서 찾으면 "막일", "막일꾼"이라고 나온다. '막일'은 "이것저것 가리지 아니하고 닥치는 대로 하는 노동", "중요하지 아니한 허드렛일"이라고 정의한다. 노가다꾼은 "중요하지 아니한 허드렛일"이나 하는 사람이 결코 아니다. 그러니 '막일꾼'은 적확한 대체어가 아니다.

그럼 또 이렇게 말할 거다. 노가다꾼 대신 '건설노동자'라고 쓰면 안 되냐고. 나는 모든 단어, 특히 명사에는 그 단어 고유의 정서 혹은 온도가 함께 담겨 있다고 믿는다. 그 예로 내가 자주 드는 단어가 '오뎅'이다.

초등학교 때 학교 앞 분식점에 100원짜리 동전 두 개를 꼭 쥐고 가서 사 먹었던 건 '어묵'이 아니라 '오뎅'이었다. 주인아줌마 눈치를 봐가며 몇 번이고 떠먹던 짭조름한 그 국물은 '어묵 국물'이 아니라 '오뎅 국물'이었다.

그렇듯 '노가다꾼'과 '건설노동자' 사이는 '오뎅'과 '어묵'만큼이나 멀다. 뜻은 통할지 모르겠다만 건설노동자 같은 행정용어엔 정서와 온도가 없다. 땀 냄새도 안 나고 먼지도 안 날린다. '글 쓰는 건설노동자'라니…. 차분히 앉아 망치를 어루만져야 할 것 같은 기분이 든다.

글에도 맛이라는 게 있다. '소주' 한잔 진하게 마시는 사람과 '쐬주' 한잔 찐하게 마시는 사람의 인생이 똑같아 보인다면 할 말 없다. 하지만 나는 '쐬주' 한잔 찐하게 마시면서 앞으로도 글 쓰는 '노가다꾼'으로 살련다. 계속 쓰다 보면 언젠가는 '길고양이'처럼 사전에 등재되는 날이 오겠지. 아님 말고.

희망을 버려
그리고 힘냅시다

살아지는 삶 말고, 살아가는 삶

새벽 5시, 알람이 울린다. 준비하고 6시까지 현장에 간다. 함바집에서 아침 먹고 좀 쉬다가 7시부터 망치질을 시작한다. 오후 5시까지, 수천 번? 어쩌면 수만 번 망치를 두드린다. 집에 오면 오후 6시다. 몸이 천근만근이다. 샤워고 밥이고 지랄이고 곧장 침대로 달려가 눕고 싶다. 차마 인간의 탈 쓰고 그럴 순 없는지라 화장실로 간다. 샤워하고 밥 먹으면 7시다. 밥 먹으면서부터 이미 눈이 반쯤 감긴다. 그래, 설거지는 내일 하자. 빈 그릇을 싱크대에 대충 밀어두고 침대에 눕는다. 핸드폰으로 뉴스를 보는 둥 마는 둥, 에라이 뉴스는 됐고 드라마나 보자. 넷플릭스를 켠다. 노가다꾼들 평생소원이 9시 뉴스 보는 거라더니, 결국 9시를 못 넘기고 스르륵 잠이 든다. 알람이 울린다. 새벽 5시다.

책 읽고 글 쓰는 게 좋아서 기자가 됐는데

노가다판에 온 지 얼마 안 되었을 때다. 여름이었다. 날이 너무 더워서 체력적으로도 힘들었고 매너리즘에 빠진 듯도 했다. 한동안 그렇게 살았다. 그것만으로도 이미 볼썽사나운데 어느 순간부터 나는 돈타령까지 시작했다. 버는 만큼 쓴다더니, 내가 딱 그 꼴이었다. 사회 초년생일 때는 150만 원으로도 그럭저럭 한 달 살았는데, 복에 겨운 줄 모르고 날마다 계산기를 두드리더란 말이지.

그날도 그런 날이었다. 여느 때처럼 빈 그릇을 싱크대에 대충 던지고 침대에 누워 핸드폰을 꼼지락거렸다. 카드값을 계산하고, 통장 잔고를 확인하고, "이번 달도 큰일이네" 하던 참이었다. 문득 이런 생각이 들었다. 아니, 육성으로 이런 말이 튀어나왔다. "노가다꾼 다 됐구만."

가끔 친구들이 물었다. 노가다꾼이 되어서 뭐가 좋으냐고. 장점을 말하라면 끝도 없지만, 그중에서도 하나 꼽으라면 일과 삶이 분리되는 거라고 답해줬다.

"기자는 일과 삶이 분리가 안 돼. 특히 잡지사 기자는 퇴근이 없어. 퇴근한 뒤에도, 주말에도 마음 편히 쉬지 못해. 늘 써야 할 기사가 잔뜩이거든. 집에 가서 TV를 보든, 주말에 애인을 만나든, 써야 할 기사가 계속 머릿속에 떠다니는 거야. 노트북 없이 퇴근해본 적이 없는 거 같다. 노가다꾼은 오후 5시면 딱 끝나잖아. 그다음부터는 온전히 내 시간이지. 내가 쓰고 싶은 글도 실컷 쓸 수 있고, 읽고 싶은 책도 실컷 읽을 수 있어.”

기자 때는 정말로 그랬다. 한번은 이런 일이 있었다. 마감 주[02]였다. 다들 너무 지쳐 있었다. 커피나 한잔하자고 회의 테이블에 모였다.

“책 읽고 글 쓰는 게 좋아서 잡지사 기자가 됐는데, 내가 쓰고 싶은 글은 쓰지도 못하고, 요즘은 책 한 권 읽을 시간이 없어.”

선배의 푸념 한마디에 누가 먼저랄 것도 없이 눈물이 터졌다. 훌쩍훌쩍. 다들 같은 마음이었다. 기자랍시고 글은 쓰는데 정작 ‘내 글’은 쓸 수 없었다. 종일 활자에서 허우적거리는 건 분명한데 도무지 책 읽을 시간이 없는 삶. ‘내 삶’인데, 정작 ‘나’는 없는 삶. 그게 슬펐다.

돈의 노예 같은 삶 말고 진짜 내 삶

일과 삶이 분리되는 게 노가다꾼의 장점이라더니, 카드값을 막기 위해 기계적으로 일어나 현장에 나가고, 영혼도 없이 망치를 두드리다가 집에 오면 쓰러지듯 누워 잠드는 꼴이라니. 아무래도 이

....

02 월간지는 통상 매월 셋째 주가 마감 주다. 그 주에는 일주일 내내 사무실에서 밤새운다.

건 너무 멋없다.

그날 난 다짐했다. 살아지는 삶 말고, 살아가는 삶을 살자고. 돈의 노예가 되는 삶 말고, 진짜 내 삶.

퇴근하면 씻고 무조건 책상에 앉는다. 죽이 되든 밥이 되든 10시까지는 글을 쓴다. 저녁을 먹는다. 밥을 먼저 먹으면 몸이 퍼져 도무지 글을 쓸 수 없어서다. 그러고 나면 11시. 침대에 눕는다. 책을 편다. 다만 한 줄이라도 읽다가 잔다.

당연한 얘기지만, 1년 365일 내내 그렇게 살지는 못한다. 저녁이나 주말에 약속이 있을 때도 있다. 약속이 없어도 그냥 쉬고 싶은 날이 있다. 그런 날이 며칠씩 이어질 때도 있다. 그렇다고 나 자신을 비난하진 않는다. 다음 날부터 다시 열심히 하면 그만이다.

중요한 건 방향성이다. 내가 그렇게 살기로 다짐했고, 그 약속 지키기 위해 노력한다. 그러니 하루 이틀쯤 아니 일주일쯤 약속을 못 지켜도 좌절할 필요는 없다. 나약한 자의 변명처럼 들릴지 모르겠지만, 하루 약속 못 지켰다고 '에이씨 다 틀렸어! 난 글러 먹었어. 몰라, 그냥 막 살 거야!' 하는 것보다 백배는 낫다.

뭐, 어쨌든 그렇게 '내 삶'을 살려고 몇 년 노력한 덕분에 누가 묻던 행복하다고 말할 수 있는 삶을 산다. 그거면 됐다.

희망을 버려
그리고 힘냅시다

포도알 스티커 모으기

데스라 출력일보, 노가다 ver. 출석부라고 생각하면 된다. "얼굴을 내밂, 그것으로 얻는 돈"이라는 뜻의 일본어 'でづら(出 날 출, 面 얼굴 면)[데츠라]'에서 파생했다.

연필 한 자루와 다이어리

일용직 노가다꾼이라고 매일 일당으로 받는 건 아니다. 보통은 '출근일수×일당'을 계산해 월급으로 받는다. 일당 20만 원 받는 목수가 20일 일했으면 400만 원을 받는 식이다. 그래서 노가다판에는 출석부, 아니 '데스라'가 필요하다.

절차는 이렇다. 출근하면 오야지 책상에 팀원들 이름이 쭉 적힌 종이가 한 장 놓여 있다. 그게 데스라다. 자기 이름 옆에 사인한다. 일과 가운데 제일 중요한 업무다. 망치질하다 못은 빼먹어도 데스라 사인은 까먹으면 절대 안 된다. 간혹 깜빡하고 사인 안 하면 오야지가 "얀마! 송주홍이! 너는 오늘 무료 봉사하려고 그러냐?"라고 말한다. 6시 30분까지 팀원이 전부 사인하면 오야지가 1차로 확인한 뒤 하청 사무실에 제출한다.

데스라는 먹지다. 겉지만 갖다 준다. 속지는 오야지가 보관한다. 하청에서는 데스라 겉지를 잘 정리해놨다가 매달 말 정산해서 월급으로 넣어준다. 결국, 일용직 노가다꾼 월급이라는 건 데스라에 몇 번이나 사인했느냐로 결정된다.

난 통장에 찍힌 월급을 볼 때 이따금 엉뚱한 게 떠오른다. 포도알 스티커. 꼬꼬마 시절, 칭찬받을 행동을 하면 선생님이 하나씩 나눠주던 스티커 말이다. 포도알 스티커를 받기 위해 좀이 쑤신 몸을 배배 꼬아가며 숙제하고, 신문지를 박박 구겨 열심히 창문을 닦고, 축구 하다 다친 짝꿍 집에 아침마다 들러 가방을 대신 들어줬다. 그럴 때마다 받은 스티커를 포도송이 그림판에 소중히 붙였다.

월말이 되면 선생님이 포도알 개수만큼 차등해서 선물을 줬다. 소소하게는 연필 한 자루부터 필통, 공책, 다이어리 등이었다. 월급을 볼 때면, 그때나 지금이나 마찬가지라는 생각이 들었다. 포도

알 스티커 모으듯 데스라에 출근 도장을 '쾅쾅' 찍어야 하는 내 삶
이 말이다.

우주의 기운

때는 바야흐로 2021년 11월 1일이었다. 숫자 일곱 개 가운데
'1'이 네 개였다. 포커 게임으로 따지면 '포카드'[03]가 뜬 거다. 확률
0.168퍼센트. 올인해도 무방했다. 그런 데다가 그날은 마침 월요일
이었고, 또 마침 새로운 현장에 들어간 첫날이었다. 모든 게 딱딱
맞아떨어졌다. '우주의 기운'이 나에게 모이는 느낌이었다.

그런 내 마음에 불을 지른 건 오야지였다. 새로운 현장에서 열린
첫 TBM[04] 때였다. 오야지가 입을 열었다.

"오늘부로 새로운 현장에서 일하게 됐는데, 이번 현장은 공정이
빡빡해서 잔업도 많이 하게 될 거 같고, 종종 일요일에도 일할 수
있을 것 같습니다. 안 빠지고 열심히들 하면 30대가리씩 찍게 해드
릴 테니까 이번 현장에서는 돈 좀 많이 벌어서 나가자고요."

내 귀에 꽂힌 말은 '30대가리'였다. 노가다판에서 '대가리'는 출
근일수를 뜻한다. 그냥 '대가리=포도알 스티커'라고 치자. 그러니
까 "30대가리씩 찍게 해드리겠다"는 말은 매달 30일씩 일하게 해

....

03 카드 일곱 장 가운데 같은 숫자가 네 장인 패.
04 Tool Box Meeting. 공정별 반장 중심으로 모여 그날 할 일과 위험 요소 등을 점검하는 조회.

주겠다는 얘기다.

근데 말이다, 길어야 31일밖에 안 되는 한 달 동안 30대가리라니! 그게 가능한 거야? 주 120시간 일하자는 얘기만큼이나 개소리 같은데?

결론부터 말하자면 가능하긴 하다. 단, 모든 조건이 완벽하게 맞아야 한다. 제일 중요한 건 역시 내 의지다. 현장 문이 열리는 이상 하늘이 두 쪽 나더라도 출근하고야 말겠다는 강력한 의지 말이다. 거기에 컨디션도 잘 유지해야 한다. 아무리 의지가 강해도 몸이 안 따라주면 꽝이다.

현장 여건도 맞아야 한다. 하루에 1대가리씩 찍어서는 30대가리를 찍기가 쉽지 않다. 오야지도 얘기했듯, 일요일에 일하는 건 물론이요, 잔업도 몇 번 해줘야 한다.

여기서 잠시, 노가다판은 아침 7시 출근, 오후 5시 퇴근이다. 잔업은 저녁 7시까지 2시간 추가 근무하는 걸 말한다. 그러면 연장근로 수당을 적용해 총 1.5대가리를 준다. 20만 원 받는 사람이 잔업까지 하면 총 30만 원을 받는다.

근데, 어디 세상일이라는 게 내 뜻대로 되나. 요즘은 노가다판에도 주6일제(주4일제를 논의하는 마당에 주6일제라니)가 보편화돼서 일요일엔 거의 쉰다. 잔업을 시켜주는 현장은 더 없다. 공사 일정이 안 맞아 며칠씩 쉬는 경우도 허다하다.

그뿐이랴. 어깨, 허리, 손목도 잊을 만하면 한 번씩 아프니 병원에도 가야 한다. 평일에만 문을 여는 은행이나 관공서에도 때마다 가야 한다. 토요일엔 친인척 경조사도 챙겨야 한다. 거기에 여름이면 비 내려, 겨울이면 눈 오니, 한 달 30대가리는커녕 25대가리도 쉽지 않다. 노가다꾼들이 한 달 평균을 20대가리로 잡는 이유다. 20일 이상 일했으면 그럭저럭 벌어먹었다고 친다.

이런 이유로 모든 일용직 노가다꾼에게 꿈의 목표가 하나 있으니, 그게 바로 30대가리다. 그 30대가리가 내 귀에 꽂힌 거다.

참고로, 노가다밥 5년 차인 나의 이전 최고 기록은 28.5대가리였다. 그래서 결심했다. 30대가리에 도전해보기로. 노가다밥 먹으며 살기로 작정한 이상 한 번쯤은 30대가리를 찍어보고 싶었다. 마침 포카드가 떴고, 우주의 기운이 모였고, 내가 어디까지 할 수 있는지도 문득 궁금했다.

이런저런 걸 떠나 결정적으로 '30대가리 도전기'를 글로 쓰면 재밌겠다 싶었다. 그러니까 무슨 대단한 각오와 명분이 있었던 건 아니다. '그냥' 해보기로 한 셈이다.

그렇게 나는 11월 데스라 일지를 기록했다.

운명의 장난

출발은 나쁘지 않았다. 11월 2일(화)과 6일(토), 잔업까지 해서 1.5대가리씩 채웠다. 첫 고비는 7일(일)이었다. 전날, 오야지가 이렇게 말했다.

"내일 현장 문 여니까 일할 사람은 나오고 쉴 사람은 쉬세요."

자율 출근! 얼마나 달콤한 말인가. 평소 적당히 벌고, 적당히 쓰고, 왕창 노는 게 삶의 목표 아니었던가. 그렇다고 일요일에 쉬면서 30대가리에 도전한다? 그건 아니 될 말이다. 기로에 섰다. 명분도 없이 '그냥' 시작한 도전을 이어갈 거냐, 평소처럼 일요일은 푹욱 쉬면서 "30대가리는 무슨 놈의 30대가리" 하면서 없던 일로 할거냐. 그래, 나한테는 포카드가 있지 않은가. 결국 출근했다. 그렇게 일주일 동안 8대가리를 찍었다.

스텝이 꼬인 건 다음 날인 8일(월)이었다. 일기예보에 아침부터 비가 잡혀 있었다. 그까짓 비, 올 테면 와보라지. 일요일까지 일했는데 여기서 발을 뺄 순 없었다. 일단 나갔다. 다행히 TBM 할 때까지 비가 안 내렸다. '이렇게 또 1대가리 찍는구나' 하면서 현장에 내려가려는 찰나, 비가 쏟아지기 시작했다. 결국, 철수.

9일(화)부터 다시 달렸다. 쭉쭉 달렸다. 무려 27일(토)까지 말이다. 19일 연속 출근이었다. 그동안 14일과 21일, 일요일이 두 번 있었지만 기어코 출근했다. 18일(목), 20일(토), 27일(토)은 잔업까지했다. 과연, 내가 봐도 살인적인 스케줄이었다. 그리하여 27일(토)까지 28.5대가리를 찍었다. 이전 최고 기록과 이미 동률.

28일(일)은 공식적으로 현장 문을 닫았다. 실로 오랜만에 늦잠을 잤다. 긴장이 풀린 탓일까. 일어나려는데 목이 **빳빳**했다. 아, 고질적인 목디스크! 남은 건 29일(월)과 30일(화) 이틀뿐. 모두 출근

해야 30대가리를 찍을 수 있었다. 여기까지 와서 포기할 순 없었다. 이틀만 버텨보자.

나는 급하게 마사지숍을 검색했다. 20년 경력 장인 아저씨가 통증을 관리해준단다. 바로 전화해서 예약했다. 장인 아저씨는 "아파도 좀 참으세요. 그래야 뭉친 근육이 풀어집니다! 어휴~ 여기가 많이 뭉쳤네"라면서 내 목과 어깨를 사정없이 주물렀다.

돈은 내가 냈는데, 어째 아저씨가 더 신나 보였다. 식은땀이 줄줄 흘렀다. 두 시간 만에 지옥에서 탈출했다. 그래도 목과 어깨가 한결 부드러워졌다. 엄지 척!

29일(월), 무사히 1대가리를 찍었다. 이로써 29.5대가리. 이제 0.5대가리 남았다. 반나절만 더 일하면 30대가리 달성이다! 푸하하하하. 그럼 그렇지. 내가 안 해서 그렇지, 하면 하는 놈이라고!

30일(화), 아침이 밝았다. 뭔가 기운이 스산했다. 창밖을 봤다. 비가 주르륵주르륵 내리고 있었다. 급하게 단톡방을 확인했다.

"오늘 비가 내리는 관계로 전원 쉽니다."

아, 이 무슨 운명의 장난이란 말인가. 하늘도 무심하시지.

30대가리와 속리산 단풍잎

30대가리 도전은 실패로 끝났다. 그럼에도 현장 문이 열린 이상 무조건 출근했고, 우리 팀 20명 가운데 내가 데스라 1등을 해버렸다. 나답지 않은 모습이 낯설었던지, 함께 일하는 형님이 물었다.

"야~ 너 뭐 급전 필요하냐? 혼자 사는 놈이 뭘 그렇게 악착같이 일하는 겨? 이놈 이거 어디서 몰래 두 집 살림하는 거 아녀?"

돈 싫어하는 사람 어디 있겠냐만, 나에겐 급전도 필요하지 않았다. 하물며 두 집 살림이라니. 누구 인생 망치려고 그런 농담을.

"아이고~ 무슨 소리를! 그냥 한번 해봤어요. 30대가리 찍어보고 싶어서."

그렇게 이 악물고 한 달 살아보고 느낀 점이 있다면, 역설적이게도 아등바등하면서 살지 말아야겠다는 거다. 11월 한 달, 내 머릿속엔 오직 30대가리뿐이었다. 그 외에 모든 걸 나중으로 미뤘다. 김신지 작가는 "바쁜 건 나쁘다"라고 말한다.

상대방이 하는 말도 듣는 둥 마는 둥 하게 되고, "우리 언제 볼까" 물어오는 친구의 메시지에 시간을 맞춰 날짜를 잡을 마음의 여유도 없어진다. 지친 채로 퇴근하면 밥을 지어 먹을 기운 같은 건 이미 회사에서 다 써 버린 것 같다. 아무 배달 음식이나 시켜서 끼니를 때우고 정리되지 못한 어수선한 방에서 잠이 든다. 생활은 그렇게 방치되고 오늘 치의 기쁨은 내일, 내일 아니면 주말, 그도 아니면 언젠가 찾으면 되겠지, 여기게 된다. 모든 건 '바쁜 일'을 처리하고 난 뒤로 밀려난다.

그런 상태가 나쁜 게 아니면 뭐겠는가.

《평일도 인생이니까》(김신지, RHK, 2020,168쪽)

희망을 버려
그리고 힘냅시다

내가 딱 그랬다. 외식을 하면 대체로 탈이 나는 놈이면서 주야장천 배달 음식을 시켜 먹었다. 청소와 설거지, 빨래가 잔뜩 밀려 집 안은 늘 개판 5분 전이었다. 그러는 와중에 쓴 원고에는 영혼을 단 '1'도 담지 못했다. 결정적으로 매년 가을 속리산에 꼭 가곤 했는데 2021년엔 결국 속리산 단풍을 보지 못했다.

남은 건 통장에 찍힌 (내 눈으로 보고도 도저히 믿기지 않는, 내 인생에서 최고로 많은) 월급이었다. 그런데 그럼 뭐 하냐고. 김신지 작가는 또 이렇게 말했다.

지난해처럼, 또 지지난해처럼 단풍이 들고 낙엽이 지지만, 이 잎은 내가 '처음으로' 보는 잎이구나. (중략)

하루를 살며 우리는 모르는 채로 그렇게 매번 처음이자 마지막일 수밖에 없는 순간들을 경험한다. 너무 당연해 자주 잊는 사실. 어떤 순간도 같지 않다.

《좋아하는 걸 좋아하는 게 취미》(김신지, 위즈덤하우스, 2018, 299~300쪽)

나는 끝내 2021년 11월의 속리산 단풍을 못 봤다. 내 인생에서 최고로 많이 받은 월급에 억만 천금을 보태준다고 해도 영영

2021년 11월, 속리산에서 물든 단풍잎을 단 한 장도 살 수는 없다.

그래서 새삼 다짐한 거다. 포도알 스티커 하나 받겠다고 억지로 숙제하는(숙제를 진짜 숙제로 만들어버리는) 짓, 결과에 연연해 그 과정에서 나를 잃어버리는 짓은 하지 말자고. 그냥 내 호흡대로 걸어가자, 걷다가 붉게 물든 단풍이 보이거든 잠시 서서 보고 가자, 그렇게 살자고.

그러고 얼마 뒤 친구와 통화했다. 운전 중이라는 친구에게 30대가리 어쩌고저쩌고 얘기해줬더니만 친구 왈.

"뭐? 30대가리 찍으려다가 대가리가 깨졌다고? 그러게 대가리를 왜 찍어 미친놈아! 얼마나 다쳤는데?"

"뭐라는 거야! 그래 인마! 30대가리 찍으려다가 대가리 깨질 뻔했다!"

그래요, 제가 카푸어예요

직업이 노가다꾼이어서 겪게 되는 불편함이 여럿 있다. 내 경우,
불편함을 넘어 서럽다고 느낀 적이 한 번 있다. 그 기억에 관한
이야기다. 이야기는 2020년 봄으로 거슬러 간다.

언제 한 번이라도 너 자신 위해 근사한 선물 해본 적 있냐?

문득, 차를 바꿔야겠다고 생각했다. 미리 말하자면 나는 한국
30대 남자치고 자동차에 참으로 관심이 없는 편이다. 친구들이
BMW, 아우디, 벤츠, 포르쉐 같은 브랜드를 입에 올리며 갑론을박
할 때도 나는 딱 '뭐라고 하는지 모르겠다'다. 나에게는 그냥 뭉뚱
그려 '외제차'이니까. 국산차도 마찬가지다. 차 뒤에 적힌 영어(이

걸 모델명이라고 하나요?)를 보지 않는 이상 뭐가 뭔지 모른다.

올해로 차를 끈 지 딱 10년이다. 첫 차는 98년식 코란도였다. 당시 400만 원을 주고 사서 폐차할 때까지 탔다. 어느 날 고속도로에서 "이제 그만 날 놔줘" 하는 표정으로, 아니 그런 굉음을 내더니 멈춰 섰다. 그래, 넌 할 만큼 했어! 그동안 고마웠어! 첫 차를 눈물로 보내줬다.

다음은 06년식 그랜저TG였다. 이건 300만 원 주고 샀다. 코란도를 잠시라도 타 본 사람은 안다. 그 미친듯한 소음과 거친 승차감. 그에 대한 반작용이었다. 한동안 잘 탔다. 이 녀석은 생각보다 빨리 자신을 놓아달라 했다. 카센터 사장은 "이거 고쳐서 타느니 새로 사는 게 나을 거 같은데…. 굳이 타겠다면 임시로 고치는 드리는데 오래는 못 갈 거예요"라고 했다. 고쳐서 꾸역꾸역 또 탔다.

10년 동안 그런 썩은 차를 타고 다녔어도 부끄러웠던 적은 없다. 친구들이 30대로 넘어가며 하나둘 외제차를 살 때도 나는 부럽다고 느낀 적이 단 한 번도 없다. 진심이다. 말 그대로 그냥 차에 관심이 없다.

그런 나에게도 물론 드림카가 있다. 어느 외국영화에서 본 차다. 한 자동차가 뿌연 먼지를 일으키며 사막을 횡단하는 장면이었다. 너무 멋있었다. 그 이전에도 그 이후에도 자동차가 멋있다고 느낀 적은 없었다. 언젠가 나도 저런 차를 타고 해안을 한번 달려봤으면 좋겠다, 정도로 생각했다. 그게 다였다. 언감생심 죽기 전에 그런

차를 타보기나 할까 싶었다. 그야말로 판타지.

그랜저TG가 또 말썽을 부리기 시작했다. 차를 바꾸긴 해야 할 판이었다. 늘 그랬듯 중고차 사이트를 뒤적이던 참에 친구가 불을 질렀다.

"야! 너 그 차 타보고 싶다고 하지 않았냐? 이참에 질러!"

"에이 말도 안 돼! 내가 돈이 어딨어."

"누구는 돈 있어서 차 사냐? 은행에서 일단 사주면 우리는 타면서 갚는 거지. 중고로 사면 생각보다 안 비싸."

진짜로 그랬다. 한번도 현실감 있게 고민해보지 않았다. 당연히 찾아볼 생각도 안 했다. 막상 찾아보니 못 꿀 꿈은 아니었다! 물론 엄청난 무리가 따르겠지만 말이다.

그때부터 난 온갖 이유를 갖다 대며 나를 설득했다. 그래, 30년 넘게 열심히 살았잖아. 언제 한번 너 자신에게 근사한 선물을 해본

적 있냐? 늘 썩은 차 끌고 다니며 고생한 기억을 떠올려봐. 너 스스로한테 미안하지도 않냐? 지금 아니면 다시는 기회 없다? 요즘 벌이도 괜찮잖아? 그… 그렇지? 에라 모르겠다! 사자!

직장인 신용대출, 단 일용직은 제외

평소, 난 있으면 있는 대로 없으면 없는 대로 살자는 주의다. 당연히 은행에서 대출을 받아본 적도 없다. 두근두근. 떨리는 마음으로 주거래 은행에 갔다. 직장인 신용대출을 신청했다.

"고객님, 죄송합니다. 조회해봤는데 신용대출은 어렵겠네요."

"아니, 왜요? 통장 내역 다 나오잖아요? 매달 월급도 잘 받고, 1년 수입도 나쁘지 않을 텐데?"

"아, 네~ 그렇긴 한데요. 일용직으로 분류 되셔서….”

은행 직원은 한참이나 빙빙 돌려 설명했지만, 결국 이 말이었다.

'현재 벌이도 있고, 이전에도 꽤 벌었던 거 같긴 한데, 그건 우리가 알 바 아니고, 당장 내일이라도 백수가 될지 모르는 널 어떻게 믿고 우리가 돈 빌려주니?'

당연히 될 줄 알았다. 당시 현장 상황이 괜찮았다. 주말에도 일하고 잔업도 제법 하던 때였다. 까놓고 말해 벌이가 나쁘지 않았다. 그러니 그런 호기를 부렸지. 근데 하…, 일용직이라는 게 여기서 발목을 잡을 줄이야. 아니, 그럴 거면 직장인 신용대출이라고 하지 말던가! 일용직 제외라고 하던가!

"그래요? 아, 어쩌지. 그럼 뭐 다른 방법은 없을까요?"

"혹시 모르니까, 다른 쪽으로 한번 알아볼게요. 잠시만요."

말이 나와서 하는 얘긴데, 노가다꾼은 왜 일용직이어야 하는지 모르겠다. 유럽 몇몇 국가는 원청에서 직접 노가다꾼을 채용한단다. 정규직으로 말이다! 자신들이 관리하는 여러 현장에 자신들이 데리고 있는 노가다꾼을 로테이션으로 배치하는 거다. 그렇게 하고도 현장이 없어 놀게 되는 노가다꾼에겐 임금의 60퍼센트 이상을 보장해준다나 뭐라나.

그러자면 물론, 그에 따른 비용이 발생한다. 관리자도 있어야 하고, 4대 보험부터 퇴직금과 보너스에다 각종 복지혜택까지. 그런 것 때문에 우리나라에선 여전히 '발주처—원청—하청—오야지—일용직' 시스템으로 책임을 전가하고 있지만 말이다.

어쨌든! 보수적으로 판단해야 하는 은행 입장을 이해 못 하는 건 아니었다. 그럼에도 괜히 서러웠다. 내가 인간관계에서 제일 중요하게 생각하는 게 신뢰다. 내 편이라 생각하면 설령 도둑질을 했다 해도 사정이 있겠거니 하고 일단 믿어주는 것. 그게 내가 정의하는 신뢰다. 신뢰가 무너지면 관계도 끝이라고 생각한다.

20대 언젠가 이런 일이 있었다. 여러 사정으로 연애 2년 차에 장거리 커플이 됐다. 몸이 멀어지면 마음도 멀어진다고 했던가. 관계가 소원해지던 참이었다. 그러다가 어느 날, 갑작스럽게 이별을 통보받았다. 말 그대로 '통보'였다. 친구가 봤단다. 내가 다른 여자와 히히덕거리며 밥 먹는 걸. 한 번이면 넘어가 주려고 했는데, 또 다른 친구가 또 봤단다. 내가 또 다른 여자와 히히덕거리며 차 마시는 걸. 그러니 헤어지자는 얘기였다.

황당했다. 변명부터 하자면 당시 난 잡지사에 다녔다. 주변에는 기자는 물론이고 디자이너 등 온통 여자였다. 국장급을 제외한 젊은 남자는 내가 유일했다. '여자 사람'과 밥 먹고 차 마시는 건 당시 나에게는 일상이었다. 그렇다고 내가 여자 사람인 직원들에게 단한 번이라도 흑심을 품었다거나, 하다못해 어쩌다 뜻하지 않게 손끝이라도 한 번 스쳐봤다면 억울하지나 않았겠다.

"우리가 2년이나 만났는데, 넌 아직도 날 모르니? 친구한테 그런 얘길 들었어도 헤어지자고 할 게 아니라, 우선은 날 믿고 나한테 물어봤어야지. 진짜로 그런 일이 있었냐고. 이건 바람을 폈고 안 폈고의 문제가 아냐. 지금 너는 우리가 2년 동안 쌓아 올린 신뢰를 무너뜨린 거야. 내가 여기서 바람 안 폈다고 한들 네가 날 믿겠어? 이미 신뢰가 무너졌는데."

난 그 사람을 붙잡을 수 없었다. 날 믿지 못하겠다는 사람에게 사랑을 갈구할 순 없는 노릇이었다. 신뢰가 전제되지 않은 사랑을, 사랑이라고 할 순 없을 테니.

나에게 신뢰란 그런 거다. 그렇기에 널 믿지 못하겠다는 은행 답변은 생각보다 나에게 데미지가 컸다. 노가다꾼으로 하루하루 열심히 살아온 내 삶을 부정당한 기분이었다. 열심히 일해서 갚겠다는데, 왜 날 믿지 못하냐고요!

은행 문을 열고 들어갈 때부터 나는 이미 드림카를 타고 해안가를 달리고 있었다. 어느 한적한 강가에 드림카를 박아놓고 장작불을 피우며 모카포트로 커피를 내리는 상상을 했단 말이다. 김칫국을 이만큼이나 마셔놨는데, 떡을 안 주겠다고? 여기까지 와서 포기할 순 없었다. 은행 직원과 난, 머리를 맞대고 방법을 강구했다.

"이것저것 알아봤는데, 아무래도 여기선 안 될 것 같아요. 저희가 저축은행도 있는데 그쪽으로 한번 연결해드릴까요?"

"그럼 금리가 높잖아요?"

"그렇긴 한데, 말씀드렸다시피 일용직이셔서….."

그렇게 난 "네가 일용직이어서 믿을 순 없지만, 이자를 더 내겠다고 하니 위험을 감수하고 우리가 빌려줄게"라고 하는 저축은행 손을 덥석 잡았다. '카푸어' 비슷한 놈이 됐다. 푸하하하. 인생 뭐 있겠나.

영혼까지 탈탈 털리고 나서야 은행을 나올 수 있었다. 집으로 돌아오며 엉뚱한 상상을 했다. 이름하여 '신용 스캐너'다. 공항에서 쓰는 휴대용 금속탐지기처럼 은행 직원마다 '신용 스캐너'를 하나씩 들고 있다.

"대출받으러 왔습니다."

"이쪽으로 앉아보시겠어요?"

은행 직원이 고객 머리 위로 신용 스캐너를 휘적휘적한다. 띠-띠-띠-띠-.

"됐습니다. 5분만 기다려주세요."

말하자면 뇌를 분석하는 기계다. '신용 스캐너'로 입력한 정보는 그 즉시 컴퓨터로 전송돼 그 사람의 신용등급을 종합 분석한다. 이를테면 그 사람 비전, 역량, 성실함, 절박함 등 정성 평가에 해당하는 정보 말이다. 5분 뒤 스피커에서 기계음이 나온다.

(기계음) "○○○ 고객님의 신용등급은 1등급입니다."

"축하드려요. 1등급이시네요. 얼마를 대출해드릴까요?"

(머쓱하게 머리를 긁적이며) "하하. 1등급까지 나올 줄은 몰랐는데. 그럼 한 10억 정도 대출받을 수 있을까요?"

"10억이요? 물론이죠. 고객님~ 20억까지 가능할 것 같은데, 조금 더 해드릴까요?"

그런 기계가 있으면 얼마나 좋을까? 숫자로 사람 점수를 매기는 세상 말고, 사람의 진정성을 알아주는 세상 말이다. 그럼 나는 한 100억쯤 빌릴 수 있을 텐데! 푸하하하.

항문 수술과 일용직 그 사이에서

더럽고 유치한 '똥꼬' 얘길 좀 해보려는 참이다. 식사 전인 사람은
다음 기회에.

일당쟁이와 수술

1년 전 일이다. 항문이 아프기 시작했다. 그러다 말겠거니 했다.
통증이 계속 이어졌다. 살면서 처음으로 항문외과에 방문했다. 의
사가 말했다.

"침대 위로 올라가서 팬티 내리고 고양이 자세 취해보세요."

그곳을 유심히 들여다보던 의사가 차갑고 묵직하고 기다란 기
계(알고 보니 내시경 카메라였다)를 훅 집어넣었다.

"으악! 선생님, 너무 아파요. 조금만 살살."

"참으세욧! 금방 끝납니다."

부끄러운 감정과 말 못 할 통증으로 진이 쪽 빠져버렸다. 의사는 '치열'이라고 했다. 쉽게 말해, 항문 안쪽에 상처가 났단다. 그러니 대변 볼 때마다 아프고, 그 통증이 두려워 대변을 참고, 참으니 변비가 되고, 그러다 한번에 '팍' 쏟아내면 상처가 더 커지는 악순환의 반복이랄까. 의사는 만성이 될 수 있으니 수술하자고 했다.

"수술하고 바로 일할 수 있나요? 제가 목수라서 좀 격한 육체노동을 하거든요."

"보름 정도는 안정해야 합니다. 잘못하면 덧날 수도 있어요."

"수술 말고는 방법이 없을까요? 제가 쉴 형편이 안 돼서요."

"그러면 먹는 약이랑 연고 처방해드릴 테니까 경과를 지켜보죠."

그렇게 1년이 지났다. 항문은 결국 터져버렸다. 만성치열로 인한 항문 궤양이라고 했다. 한마디로 고름이 가득 차서 째야 한단다. 그와 함께 만성치열로 수축한 내괄약근도 절개해야 한다며, 의사는 당장 수술 날짜를 잡자고 했다. 바쁘다는 핑계로(실은 부끄러움과 두려움으로) 병원에 자주 안 간 내 탓이었다.

수술도 성공적으로 끝났고, 작업반장도 전화 와서 "현장 걱정일랑 붙들어 매고 푹 쉬다 나와"라고 얘기해줬다. 이제는 대변도 잘 나오고, 출혈도 줄었고, 통증도 차츰 나아지는 거 같았다. 며칠간

희망을 버려
그리고 힘냅시다

늦잠도 실컷 잤다.

근데! 마음이 불편했다. 내가 '일당쟁이'여서다. 수술하고 요양한다고 2주 쉬었다. 반 토막 난 월급[05]으로 한 달 가계 꾸려야 하는 상황이 됐다. 모아둔 돈도 없는데 뭐 먹고 사나.

수술을 미룰 수밖에 없는 이유

거슬러 올라가면 내가 수술 미뤘던 이유도 이런 상황을 만들고 싶지 않아서였다. 어느 가정이나 그렇듯, 고정 지출이라는 게 있다. 당장 월세부터 자동차 할부금, 주유비, 공과금, 식비, 생활비 등 숨만 쉬어도 빠져나가는 돈 말이다.

그나마 나는 1인 가구니까 어떻게든 내 입만 책임지면 그만이지만, 부양해야 할 가족이 있는 형님들은 사정이 복잡했다. 형님들은 허리디스크, 목디스크, 손목터널증후군 등 각종 질병에 시달리면서도, 매일매일 파스를 덕지덕지 붙이면서도 수술을 미뤘다. 수술하면 한동안 쉬어야 하는데 쉰다고 어디서 돈이 떨어지지는 않으니, 그저 버틸 수밖에.

월급 받는 직장인은 상상도 못 할 일일 게다. 들쭉날쭉한 월급 때문에 한숨을 푹푹 쉬는 상황 말이다. 먼저, 1월과 2월이 그렇다.

....
05 노가다꾼들은 '일당×출근일수'로 계산해 월급으로 받는다.

일당 20만 원 받는 목수 김 씨가 있다 치자. 1월에는 일이 좀 많아서 25일 일했다. 2월은 28일까지밖에 없는 데다 설날도 있고 눈도 몇 번 내려 15일밖에 일 못 했다. 월급 차이가 무려 200만 원이다. 설, 추석을 제외한 빨간 날에도 일할 수밖에 없는 이유다. 일용직이라 유급휴가는 물론이고 월차, 병가 같은 개념이 아예 없다.

그뿐이랴. 비 와서 쉬고, 눈 와서 쉬고, 공사 일정 안 맞아서 며칠씩 쉬고, 현장 하나 끝나서 다른 현장으로 옮길 때마다 보름, 많으면 한 달도 쉰다. 1년이면 6개월이 그런 식이다. 그러니 늘 가계가 불안하다. 형님들이 천만 원 정도는 여윳돈으로 항상 있어야 한다고 말하는 것도 다 그래서다.

내가 이런 얘기를 하면 또 누군가는 "그러게 누가 노가다 하래?"라고 반문할지 모르겠다. 맞는 말이다. 내가 원해서 시작한 일이다. 그래서 얘기할 수도 있다. 아니, 얘기해야 한다고 생각한다. 내가 택한 직업이니까 애정이 있고, 그러니까 개선되길 바란다. 더군다나 속사정을 너무 잘 아는 나 말고, 누가 대신 목소리를 내주겠는가.

그냥 좀 쉬면 안 되나요?

노가다꾼은 일용직이다. 해서, 회사원처럼 규율이 엄격하진 않다. 무단결근만 아니면 얼마든지 쉴 수 있다. 심지어는 당일 아침에 연락해 쉰다고 해도 어지간하면 그러라고 한다. 그만큼 출결이 용이하다. 물론, 너무 잦은 결근으로 팀 공정에 차질을 주면 곤란하지만 말이다.

젊은 놈이 자꾸 쉬면 그거 평생 간다

노가다꾼 대부분이 의외로 매우 성실하다. 마찬가지로 일용직이어서다. 회사원은 상상도 못 할 거다. 일용직의 서러움을. 이게 아주 무섭다. 노가다판에서 20~30년 버텨낸 형님들은 그 무서움

잘 안다. 그래서 어떻게든 하루라도 더 일하려고 한다. 반대로 나보다 어린 친구들이 별거 아닌 일로 결근하면 다음 날 폭풍 잔소리를 쏟아낸다. 그때마다 난 동생들 변호하기 바쁘다.

"야! 니네는 노가다 얼마 안 해서 잘 모르나 본데, 지금 당장은 돈 많이 버는 거 같지? 절대 아니다. 일할 수 있을 때 무조건 해야 하고, 일할 수 있다는 것에 감사해야 한다. 이 말을 뼈저리게 깨닫는 날이 반드시 올 거다."

"아휴~ 형님, 설훈이 어깨가 너무 아파서 하루 쉬었대요. 너무 뭐라고 하지 마세요."

"얀마! 젊은 놈이 아프긴 뭐가 아퍼! 나 젊을 때는 하루도 안 쉬고 한 달 내내 일하고 그랬어. 돌도 씹어먹을 나이에 쬐금 피곤하다고 빠지냐? 아무튼 니네들! 결혼하고 집 사려면 부지런히 돈 모아야지. 젊은 놈이 자꾸 쉬면 그거 평생 간다. 사람 몸이라는 게 간사해서 쉬기 시작하면 자꾸 늘어지는 거여. 젊을 때부터 습관을 제대로 잡아야지!"

"네네! 제가 동생들한테 알아듣게 잘 얘기할게요. 하하."

애정 어린 조언이라는 걸 안다. 그런데도 형님들이 잔소리할 때마다 이런 생각이 들었다. 우린 왜 이렇게들 쉬는 것에 인색할까, 젊은 사람에겐 왜 잣대를 더 엄격하게 들이댈까, 도대체 왜 청춘은 열정과 패기와 파이팅이 넘쳐야 한다고 여길까.

'무서운' 기사를 하나 읽었다. 〈'그냥 쉬는 2030' 1년 새 31% 늘어〉라는 기사였다. 당시 1월에 '그냥 쉬었다'는 20~30대가 전년 동월 대비 31.2퍼센트 증가했다는 내용이다. 기사는 코로나 19와 이로 인한 '고용 한파'가 원인이라고 분석했다. 그러면서 이를 해결하기 위한 정부 정책을 몇 가지 소개했다.

내가 무섭다고 느낀 건 이 부분이었다. 기사에서는 '쉬었음'이라고 답한 사람을 "취업 준비·가사·육아 등 특별한 이유 없이 말 그대로 그냥 쉰 비경제활동인구"라고 정의했다. 그러면서 "통상 은퇴 후 휴식을 취하는 고령층이 주로 포함되는 '쉬었음' 인구에 젊은 층이 급증한 것이다"라는 말도 덧붙였다.

기사엔 '열심히 일하거나, 최소한 구직 활동을 해야 할 2030이 그냥 쉰다고? 그렇게 그냥 쉬는 2030이 1년 만에 이렇게나 많이 증가했다고? 큰일 났네!'라는 시선이 깔렸다. 같은 통계 자료를 인용한 모든 언론사 기사가 대동소이했다. 내가 느끼기엔 전방위에서 2030은 그냥 쉬면 안 된다고 윽박지르는 거 같았다. 그래서 묻고 싶다.

아니, 그냥 좀 쉬면 안 되나요? 쉬는 데도 꼭 이유가 있어야 해요? 은퇴한 고령층만 쉴 수 있는 거예요? 태어나서 스무 살, 혹은 서른 살이 되기까지 저들 나름대로 열심히 살았을 거 아니에요. 한두 달쯤, 아니 한 1년쯤은 그냥 좀 쉴 수 있잖아요.

기사를 읽다가, 울컥한 마음이 좀 들었다. 난 그렇게 살았다. 열심히 살아야 한다고 배웠다. 그냥 쉬면 큰일이라도 날 것처럼 조바심 내며 아등바등 살았다.

집이 가난했던 탓도 있다. 나는 수능 끝나자마자 호프집에서 일했다. 그걸 시작으로 대학 내내 피시방, 편의점, 피자 배달, 택배 상하차, 고백하자면 성인오락실까지 안 해본 알바가 없다. 군대 훈련소 입소하기 전까지 피자 배달을 했고, 공익 하는 내내 퇴근하면 피시방에서 알바했다(그때는 암묵적으로 알바하는 걸 용인해줬다). 소집 해제되고 복학하기 전까지 알바해서 번 돈으로 자취방을 구했고, 복학하고 졸업할 때까지는 대학 신문사에서 일했다. 대학 신문사에서 일하면 등록금 절반과 매달 활동비를 줬다.

졸업하고는 일주일 만에 취업해서 출근했다. 서울로 이직할 땐 심지어 3일 쉬었다. 이삿짐도 채 못 풀고 출근했던 기억이 난다. 하던 일을 모두 정리하고 노가다판에 오기 전에도 겨우 보름 남짓 쉬었다.

가끔 이런 생각이 든다. 뭐 한다고 그렇게 열심히 살았나. 기회 될 때마다, 아니 기회를 만들어서라도 한번 멀리 여행 좀 다녀올걸. 하다못해 한 달쯤 집에 짱박혀 잠이라도 실컷 자고 책이라도 왕창 읽을걸. 누가 쫓아오기라도 하는 것처럼 어쩌자고 그렇게 앞만 보고 달렸나. 그렇게 열심히 살았다고 내 인생이 뭐 크게 대단해진 것도 아닌데 말이다.

인생 전체를 후회하는 건 아니지만, 가끔은 나 자신에게 미안하다. 나는 그렇게 살아왔을지언정, 내 동생들은 제발 좀 그러지 않았으면 싶다.

글쓰기에도 쉼표가 중요하다. 간결하게 쓰는 게 글쓰기 제1원칙이라지만, 그렇다고 단문만으로 글을 완성할 순 없다. 중문을 적절히 섞어 강약을 줘야 한다. 그럴 때 쉼표가 역할을 한다.

요리하면 셰프라고 대우해주고, 옷 만들면 디자이너라고 부르면서, 집 짓는다고 하면 노가다꾼으로 뭉개는 대한민국에서 나는, 노가다꾼으로 살아간다.

내가 쓴 글 일부다. 이 문장에 쉼표가 없다고 생각해보자. 숨이 꼴딱꼴딱 넘어간다. 이렇듯 쉼표는 독자가 앞선 문장의 의미를 되새겨볼 수 있게 해준다. 여유를 잠깐 준다. 독자는 그 여유를 에너지 삼아 다음 문장으로 넘어간다. 게다가 "대한민국에서 나는, 노가다꾼으로 살아간다" 부분의 쉼표처럼 독자에게 '여기서부터 중요한 서술어가 나올 거니까 잠시 심호흡하세요!' 하면서 틈을 만들어주기도 한다.

우리는 인생을 곧잘 마라톤에 비유한다. 인생은 100미터 단거리가 아니란 얘기다. 글쓰기로 치면 중문이 끝도 없이 이어져 있는 셈이다. 쉼표를 적절히 찍어야 지난 시간을 돌아보고 미래를 그릴 수 있다. 인생의 중요한 변곡점을 앞뒀을 때는 잠시, 심호흡하며 숨을 고를 필요가 있다.

그, 러, 니, 제, 발, 쉼, 표, 좀, 찍, 게, 해, 주, 세, 요!

희망을 버려
그리고 힘냅시다

당신은 집주인이신가요?

난 주로 아파트 공사 현장에서 일한다. 그러다 보니 자연스레 주워듣는 정보가 많다. 이를테면 이번 아파트가 언제 분양하는데 아파트값이 얼마고 얼마까지 오를 예정이라더라, 청약 경쟁률이 얼마라더라 하는 정보 말이다.

일흔 살까지 망치질해야 하는 삶이란

청약 관련한 정보가 수시로 돌다 보니 형님들이 점심시간에 나누는 대화도 이렇다. 집값이 올랐니 내렸니, 청약을 넣었니 안 넣었니, 대출이 가능하니 마니….

A 형님의 사정을 들은 것도 그런 대화 나누던 중이었다. 형님은

청약에 당첨돼 얼마 전 새 아파트로 이사했다. 앞으로 20년 동안 매달 200만 원씩 대출금을 갚아야 한단다. 형님은 어쨌거나 평생 소원을 이뤄 기쁘다고 했다.

"이야~ 맨날 허름한 집에서 살다가 새 아파트에서 자니까 괜히 잠도 잘 오는 것 같아. 너도 부지런히 청약 저축혀. 그래야 집 장만 하지. 언제까지 월세에서 살 거냐?"

"예예, 그래야죠. 하하."

그날 난, 집으로 돌아오며 곰곰이 형님을 생각했다. 형님 나이 올해 쉰하나. 목수가 한 달 평균 400만 원쯤 번다 치자. 매달 월 급에서 절반이나 뚝 떼 빚을 갚아야 한단 얘기다. 그것도 20년이 나. 손목이 으스러져도 일흔 살까지 망치질해야 하는 삶이다. 그 삶에 대해 생각했다. 대출금 갚고 남은 200만 원으로 한 달을 버텨 야 하는 형님과 형수님과 그 자식들의 삶에 대해 말이다. 내 까짓 게 뭐라고 감히 형님의 삶을 평가하겠냐마는, 그날 난 어쩐지 좀 서글펐다.

함께 일했던 형님 가운데엔 이런 경우도 있었다. 나보다 나이가 두어 살 많은 형님이었다. 결혼 얘기가 나왔다.

"나 아직 결혼 안 했어~. 사실 모태솔로야. 하하하."

"아, 그래요? 아니, 그럼 형님은 술도 안 마셔, 담배도 안 피워, 연애도 안 해, 도대체 무슨 재미로 살아요? 주말엔 뭐 하세요?"

"주말에? 하하. 일하지 뭐 하겠어~."

"예? 일요일도 일하신다고요?"

얘기를 들어보니, 토요일까지는 현장에서 일하고, 일요일에는 인력소에 나간다는 거다(참고로 요즘 아파트 현장은 일요일에 문을 닫는다). 그 형님은 날씨 때문에 어쩔 수 없이 쉬는 날을 제외하고는 1년 365일 하루도 안 쉰다고 했다.

나는 사연이 있을 거라고 생각했다. 소싯적에 도박을 해서 빚을 졌다거나, 부모님 사업이 망해서 대신 빚을 갚아야 한다거나.

"아니, 굳이 왜 그렇게까지…."

"아~ 돈 모으고 있어. 집 사려고. 이제 1억 5000 모았어. 대단하지?"

노가다판에 온 지 7년 만에 1억 5000을 모았다니 대단하긴 하다. 하지만 '눈부시게 찬란한 30대' 전부를 노가다판에 때려 박을 필요까진 없는 거 아닌가 싶었다.

"형님, 아휴~ 뭐 결혼을 꼭 해야 하는 건 아니지만 연애는 하셔야죠. 여행도 한 번씩 다니시고요."

그 뒤로도 사연이 비슷한 형님들을 많이 봤다. '내 집 마련'이 인생 전부인 것처럼 살아가는 사람들 말이다. 하긴 뭐, 정도 차이가 있을 뿐 대한민국에서 살아가는 대다수의 삶이 그러하다. 우리 아빠도 그랬고, 결혼한 친구들도 다들 그렇게 살아간다. 대출받아 집 사고, 월급 상당 부분을 빚 갚는 데 쓰면서 말이다.

30대 중반에 접어든 나는 여전히 월세에 산다. 그 나이 먹도록 전셋집 하나 마련 못 하고 뭐 했냐고 물으면 할 말 없다. 변명하자면 자의 반 타의 반이었다. 사회 생활한 지 10년이다. 안 먹고 안 써가며 악착같이 모았으면 전셋집 하나쯤 얻었다. 그렇게 남들처럼 살 수도 있었다. 근데, 그렇게 하고 싶진 않았다. 내가 벌 수 있는 돈은 제한적이다. 무언가는 반드시 포기해야 한다. 그게 나에겐 '내 집 마련'이다.

그렇다고 내가 대단하게 과소비하는 사람도 아니다. 우선, 명품이란 걸 아예 모른다. 아니, 명품은 고사하고 꾸미는 거 자체에 관심이 없다. 그 흔한 명품 지갑이나 시계 하나 없다.

요란한 취미도 없다. 쉬는 날에는 집에서 책을 읽거나 글을 쓰거나 가까운 카페에서 커피 한잔하는 정도다. 미식가도 아니다. 피부 알레르기가 있어서 가리는 음식도 많다. 주로 집에서 해 먹는다. 술은 입에도 못 댄다. 도박? 토토? 할 줄 모른다. 로또복권도 안 산다. 그나마 책 사는 데 돈 안 아끼고, 담배랑 커피를 즐기고, 친구 만나면 기분 좋게 밥 사고, 부모님께 용돈 한 번씩 드리는 정도다.

그러니까, 뭐 대단한 것도 없다. 가정 꾸리고 자식 키우는 사람보다야 조금 여유로울지 모르겠으나, 딱 그 정도다. 이 상황에서 '내 집 마련'을 하려면 부모님 용돈도 못 드리고, 친구 만나도 계산할 때 눈치 보고, 담배랑 커피를 줄이고, 책 한 권 살 때마다 고민해야 한단 얘기다. 그렇게 살고 싶진 않다.

왜 너는 남들처럼 평범하게 살지 못하느냐고? 스물여섯 살 때 일이다. 당시 난 입사한 지 얼마 안 된 기자였다. 우연한 계기로 해방촌 '게스트하우스 빈집'을 취재했다. 내가 취재한 때가 2012년이다. 당시 내가 이해했던 대로 '빈집'을 소개하자면 이렇다.

한마디로 인생에서 '내 집 마련'을 빼는 거다. 그럼 돈을 조금만 벌더라도 내가 하고 싶은 일을 하면서 살 수 있다. 그럼 주거는 어떻게 하느냐. 그들은 해결책으로 '협동조합+공동 주거'라는 대안을 택했다. 협동조합 취지문은 이렇게 시작한다.

집은 곧 돈이다. 집을 사기 위해 돈을 벌고, 돈을 벌기 위해 집을 산다. 재산, 소득, 지출, 저축, 대출, 투자, 상속 등 돈과 관련된 생활의 중심에는 집이 있다. 처음에 보증금 없이 쪽방과 고시원에서 시작해서, 어떻게든 보증금을 마련하고 월세방으로 옮겨 가서 저축을 통해 보증금을 늘려가다가, 전셋집을 구해서 결국 월세에서 해방되고, 계속해서 저축과 투자를 늘리고 대출을 더해 마침내 내 집 마련. 그 후 부동산 투자를 더 해서 늘어난 자본을 자녀에게 상속하는 것. 이 과정을 차례차례 밟아 나가는 것이 우리 삶의 표준 경로이고 발전 단계이다. 그 사람의 현실 계급은 이 경로에서 어느 단계까지 왔는지에 따라 규정된다. 이처럼 우리의 삶은 돈을 벌고 집을 사는 것으로 점철되어 있다.

'빈집'의 세세한 내용을 여기서 다 소개할 순 없다. 아무튼 나에겐 매우 신선한 삶의 방식이었다. '이제 취직했으니 적금 열심히 붓고, 청약해서 얼른 집 사야지' 정도의 평범한 삶을 계획하던 때였다. 그러던 시기에 '빈집'을 취재했다. 살면서 처음으로 대안적인 삶(내 방식대로 표현하자면 '울타리 밖의 삶')에 관해 고민했다. 그 고민에서 비롯한 여러 생각과 선택이 쌓여 지금처럼 살고 있다. 하고 싶은 일을 하면서 적당히 즐기고 월세방을 전전하면서 말이다.

'욜로'야 말로 허무주의에서 비롯된 소비 패턴이니까

내가 하려는 얘기가 "다들 집 같은 거에 인생 바치지 말고 즐기면서 사세요!" 따위의 뜬구름 잡는 결론이 아니다. 적당히 즐기면서 산 대가로 월세방을 전전하는 삶이 결코 정답은 아닐 테니.

도대체 우리는 어떻게 살아야 할까. 나도 정답은 모른다. 아니, 주거 문제에 정답이라는 게 있긴 한 건지 도대체 모르겠다. 정부도 풀지 못하는 게 주거 문제니까, 나라고 뭐 특별한 묘수가 있을 리 없다.

2017년 tvN에서 방영한 〈이번 생은 처음이라〉라는 드라마가 있다. 2048년까지 대출금을 갚아야 하는 '하우스푸어' 주인공이 나온다. 그의 라이벌로, 집을 반지하 월세로 옮기고 비싼 오토바이 끌고 다니는 카페 알바생이 나온다. 그 둘이 나누는 대화다.

"한 번 사는 인생인데, 집 대출금 따위에 낭비할 순 없잖아요. 저는 뭐 하우스푸어, 이런 사람들이 제일 한심하더라고요."

"뭐, 한심할 것까지야. 각자 인생에 지향점이라는 게 있는 건데."

"그건 지향점이 아니죠. 자기 인생을 소중히 하지 않는 거지. 어떻게 집 같은 거에 인생을 바쳐요? 매 순간 즐기면서 살아야지."

"매 순간 즐긴다고 믿고 싶은 거겠죠. 욜로야 말로 허무주의에서 비롯된 소비 패턴이니까. 벌어봤자 모아봤자 이룰 수 있는 게 아무것도 없으니까 순간의 소비로 도피하는 거죠."

주인공 말마따나 나는 지금 "매 순간 즐긴다고 믿고 싶은" 건지도 모른다. 그래서 가끔은 불안하다. 나중에 늙고 병들어 더 이상 밥벌이를 할 수 없을 땐 어떡하나 싶다. 4년 전 점쟁이가 말하길 내 인생에 역마살이 많다던데, 이렇게 살다 객사하는 건 아닌가 걱정도 된다.

정치권에서 '기본소득'이니 '기본주택'이니 하는 말들이 많기에 혹시 저게 대안은 아닐까 싶다가, 관련 자료를 이리저리 찾아보다가, 이런저런 생각에 빠졌다가, 머리가 복잡해져 답답해하다가, 이렇게 주저리주저리 글이 길어졌다.

그냥 함께 고민해봤으면 싶다. 다른 사람은 주거 문제를 어떻게 바라보는지 궁금하다. 그중에서도 특히 나와 비슷한 삶을 살아가는 사람이 있다면, 그들은 어떤 계획이 있는지, 혹시 내가 모르는 다른 삶이 있진 않은지 궁금하다. 당신은 월세, 전세, 자가 어디에 살고 계신가요?

첨언,

해방촌의 빈집은 결국 거의 문을 닫은 듯하다. 2018년《경향신문》기사가 마지막인 거 같다. 그 기사에선 "한때 8개에 달하는 주거공동체와 1개의 마을 카페의 연합체였던 빈집은 현재 2개의 공간만 남은 상태"라고 설명한다. 경리단길, 도시재생사업 등의 영향으로 젠트리피케이션[06]이 심화한 모양이다. 그럼에도 난 그들 실험을 실패로 규정하진 않는다. 대한민국 주거 문제에 새로운 화두를 던진 건 분명하므로.

....

06   gentrification. 낙후된 구도심이 활성화되면서 사람들과 돈이 몰려 결과적으로 원주민이 밀려나는 현상.

희망을 버려
그리고 힘냅시다

서른여섯, 노가다, 월세, 이혼남

이혼하고 한 번도 친척 어른들을 안 봤다. 보나 마나 듣기 싫은 소리를 할 게 뻔해서.

노가다한다며? 취직은 안 하나?

잘 버텨왔는데, 두어 달 전 친척 행사가 있었다. 엄마가 제발 얼굴 한 번만 비치라기에 어쩔 수 없이 갔다. 결과적으로 가질 말았어야 했다.

오랜만에 만난 친척 어른이 날 보자마자 대뜸 "너 노가다한다며? 취직은 안 하냐?"란다. 아, 이래서 오기 싫었던 건데.

노가다 5년 차다. 이젠 어딜 가도 그럭저럭 목수 대우를 받는다.

일당도 기공 단가로 받는다. 그런 나에게 취직하라니? 내가 하는 일이 무슨 용돈 벌이 알바쯤으로 보이는 건가? 분명히 말씀드려야 더 이상 얘기 안 할 거 같아, 좀 쏘아붙였다.

"○○형(친척 어른 둘째 아들, 지역 작은 회사에 다닌다), 이제 과장 됐어요? 그럼 한 300 벌겠네. 제가 그것보다는 한참 많이 버니까 취직 걱정은 하지 마세요."

친척 어른은 배알이 꼴렸는지, 이번엔 이혼을 걸고넘어졌다.

"너 이혼은 왜 했냐? 사내자식이 책임감 없이. 한번 마음 먹었으면 미우나 고우나 평생 살아야지. 그리고 인마, 너 아직도 사무실 비슷한 데서 월세로 산다며? 부지런히 돈 모아서 집 살 생각은 안 하고. 만나는 여자는 있냐? 더 늦기 전에 자리 잡아야 할 것 아니냐."

원투 펀치에 어퍼컷까지. 정신이 혼미했다. 도대체 어디서부터 어떻게 설명해야 하나. 이혼은 결과적으로 성격이 맞지 않아 한 것인데, 그런 구구절절한 이야기를 여기서 다 할 수는 없고, 사무실 비슷한 데서 월세로 사는 이유는 집과 별도로 글 쓰는 작업실이 필요한데(아 참, 저 노가다만 하는 게 아니라 글도 계속 써요) 그렇다고 작업실을 따로 얻을 형편은 못 되니 주거도 겸할 수 있는 사무실 비슷한 데서 사는 것이며, 그런저런 걸 떠나 '내 집 마련'으로 점철된 삶에 관심이 없는데, 내가 그렇게 살기로 결심한 데에는 나 나름 계기가 있으며…. 여기까지 얘기하는 찰나, 말을 끊었다.

"야! 쓸데없는 소리 하지 말고, 너는 도대체 무슨 생각으로 사는 거냐. 언제 철들래. 그렇게 살면 행복하긴 하냐?"

친척 어른 말이 끝나기 무섭게 저마다 한마디씩 거들었다. 그래도 결혼과 이혼은 신중해야 하는 건데 결혼식도 안 하고 살림 차릴 때부터 그럴 줄 알았다는 얘기부터, 지금이라도 다시 합칠 생각이 없느냐는 오지랖에, 그래도 집은 꼭 있어야 하는 거니까 청약이라도 넣으라는 참견까지.

"아무튼 너도 참 별나다, 별나."

"…"

무언가 더 얘기하려다가 입을 닫았다. 내가 지금 여기서 뭐 하는 건가 싶었다. 내가 왜 여기서 죄인처럼 결혼과 이혼에 관해 해명하고, 주거 형태와 삶의 방식에 관해 납득시키려고 노력하지? 내가 왜 당신들 아들딸만큼이나 열심히 산다는 걸, 현재 내 삶이 당신들 아들딸보다 어쩌면 더 행복할지도 모른다는 걸, 도대체 왜 증명해 보여야 하지? 내 삶이 왜 술자리 마른 오징어처럼 질겅질겅 씹혀야 하지? 도대체 왜.

시선과 냉소가 나는 조금 무섭다

조금 지난 얘기다. 2021년 11월, 조동연 서경대 군사학과 교수가 민주당 공동상임선대위원장으로 위촉됐다. 인재영입 1호였다. 민주당은 "우주항공 전문가이자 육군사관학교 출신 여성 군인이자 30대 워킹맘"이라고 조 교수를 소개했다.

관심을 한 몸에 받던 조 교수는 영입 4일 만에 사퇴했다. 문제가 된 건 '이혼'이었다. 그는 12월 3일 사퇴 의사를 밝히며 "열심히 살아온 시간들이 한순간에 더럽혀지고 인생이 송두리째 없어지는 기분"이라며 "그간 진심으로 감사했고 죄송합니다"라고 말했다.

모든 과정을 숨죽이며 지켜봤던 나는, 그날 조금 울었다. 나는 진심으로 조 교수가 사퇴하지 않길 바랐다. 설령 사퇴하더라도 죄송하다는 말만큼은 하지 않길 바랐다. 결과적으로 헛된 기대였지만 말이다.

대한민국에서 여자로 태어나 이제 갓 40이 넘은 나이에 집권 여당 인재영입 1호가 되었다. 그 자리에 오르기까지, 도대체 얼마나 치열하게 삶을 살았을까. 조 교수는 그저 "열심히 살아온 시간들"이라고 표현했지만, 그 짧은 문장엔 결코 담을 수 없는 삶이었을 거다. 그러했을 조 교수의 인생을 송두리째 짓밟은 시선과 냉소가, 나는 조금 무섭게 느껴졌다. 그래서 울었다.

그 시선과 냉소가 모여 나는 '서른여섯에 노가다 뛰면서 월세방을 전전긍긍하는 이혼남'으로만 평가받는다. 또는 '빌난 놈'. 서른여섯에 노가다 뛰는 것도, 월세방에 사는 것도, 심지어는 이혼한 것도 내가 행복하게 살고 싶어서 선택한 결정인데 말이다.

대학 나와서 번듯한 데 취직하고, 이성과 만나 결혼하고, 아들딸 낳고 악착같이 돈 모아서 내 집 마련하는 삶만이 정답이라고 믿는

희망을 버려
그리고 힘냅시다

친척 어른이 과연 알까. 망치질이 얼마나 즐겁고 행복한 일인지, '사무실 비슷한 데'를 예쁘게 꾸미고 지인들을 초대해 함께 나누는 식사가 얼마나 따뜻한 한 끼인지, 그런 공간들이 모이고 모여 만들어질 마을을 상상하는 게 얼마나 신나고 유쾌한 일인지. 그저 다를 뿐인데 왜 그렇게들 다른 걸 틀렸다고 하는지.

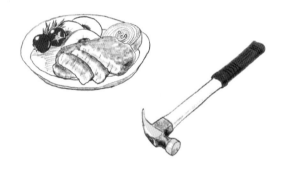

인생의 아이러니를 대처하는 법

3년 전이었다. 천변에 있는 아파트를 지으러 다녔다. 일이 끝나면 현장에서 나와 하천을 따라 1킬로미터쯤 가다 큰 다리를 건너서 집으로 왔다. 다리 중간쯤을 지날 때면 자동차 창문 너머 저멀리, 현장이 한눈에 들어왔다. 하천을 가운데 두고 아파트와 산이 마주하는 형상이었다. 산 아래로는 숲과 습지가 넓게 펼쳐져 있었다. 풍광을 볼 때마다 나는 속이 울렁거렸다. 그 느낌이 싫어 다리 건널 때면 애써 시선을 외면했다.

리버뷰와 숲세권, 수달과 딱따구리 사이에서

당시 나는 인생이 참 아이러니하다고 생각하곤 했다. 그 현장은 사실 착공 전부터 말이 많았다. 그도 그럴 게 아파트 바로 앞에 펼쳐진 산과 숲, 하천과 습지는 인구 150만 대도시의 유일한 생태공원이었다. 그곳엔 천연기념물인 미호종개[07]와 수달, 황조롱이를 비롯해 도심에선 쉽게 볼 수 없는 삵, 흰목물떼새, 반딧불이, 가재, 사슴벌레, 딱따구리, 이삭귀개와 땅귀개[08] 등 800여 종 이상의 야생 동식물이 서식했다.

면적으로는 도시 전체 면적의 0.7퍼센트에 불과한 생태공원이지만 육상생태계와 수생태계의 조화가 매우 우수했다. 전문가들은 "신선한 공기를 공급하고, 이산화탄소 및 미세먼지 등 대기오염물질을 정화할 뿐만 아니라, 여름철에는 도시 온도를 낮추고 습도조절까지 하는 지역의 허파이자 생태 보물섬"이라고 입을 모았다.

그런 곳을 마구 파헤쳐 고층 아파트를 짓겠다고 한 거였으니, 환경단체 등에서 가만있을 리 없었다.

다른 한편으로, 위에서 열거한 여러 자연 조건 덕분에 한마디로 조망권이 예술인 아파트였다. 창문만 열어도 눈앞에 아름다운 하천과 산이 그림처럼 펼쳐지니, '리버뷰'다 '숲세권'이다 하면서 수요자들 관심이 폭발했다. 실제로도 해당 아파트는 2018년 전국에서 가장 높은 청약 경쟁률인 361.65 대 1을 기록했다.

----

07 잉어목 미꾸리과의 민물고기.
08 산림청 지정 희귀식물.

그 정도로 개발과 보전 논리가 첨예하게 부딪치던 아파트였다. 인생이 아이러니하다고 느낀 건 이 지점에서였다. 착공 몇 해 전이었다. 그러니까 아파트를 짓니 마니 하면서 환경단체와 지자체가 대립하던 당시 나는 기자였다.

이제 와 새삼스레 고백하자면, 나는 개발반대론자(아파트 지으러 다니는 목수가 이렇게 말하면 우습겠지만)에 가깝다. 당시 나는 환경단체 목소리에 귀를 기울였다. 관련 기사도 몇 번인가 썼다. 내가 그 생태공원과 아파트에 관해 자세히 아는 이유다. 당시 내가 쓴 기사의 골자는, 도심 속 생태공원은 누구도 따로 소유할 수 없는 모두의 보물이자 미래 세대에게 빌려 쓰는 자연유산인 만큼 아파트를 지으면 안 된다는 거였다.

그렇게 목소리 높였던 내가 몇 년 뒤 지으면 안 되던 아파트 현장에서 망치질을 하고 있으니 얼마나 아이러니한가. 퇴근하고 다리를 건널 때마다 속이 울렁거릴 수밖에. 아마도 그때 내가 느꼈던 울렁거림은 자기혐오 비슷한 감정인 듯하다.

슬기로운 목수 생활을 위한 작은 실천

그즈음 목수라는 직업에 처음으로 회의감이 들었다. 남들이 뭐라 하던 집 짓는 게 즐거웠다. 누군가에게 안식처 선물한다는 생각으로 심지어는 자부심도 좀 가졌다. 그랬는데 집 짓는다는 게 마냥 즐겁고 멋있기만 한 일이 아니라는 걸 비로소 자각했다.

희망을 버려
그리고 힘냅시다

계기가 필요했다. 자연을 훼손하면서 아파트를 짓는 게 업인 사람으로서의 도의적 책임감 내지는 미래 세대에 대한 부채감을 조금이나마 해소할 수 있는 계기 말이다. 그래야 이전처럼 즐겁게 망치질을 할 수 있을 것 같았다.

그래서 시작했다. 제로 웨이스트zero waste, 즉 쓰레기 없애기 또는 줄이기를 위한 일상 속 작은 실천. 거창한 무언가를 할 자신은 없었다. 내가 감당할 수 있는 소소한 것부터 해보자고 다짐했다.

첫째가 텀블러 쓰기였다. 하루 한 잔 이상 꼭 마시는 아메리카노를 일회용 플라스틱 컵 말고 텀블러에 담아오는 것. 둘째는 에코백. 일주일에 최소 한두 번은 마트에 가는데 비닐봉지 대신 에코백을 들고 다닐 것. 마지막으로 일회용 물티슈 대신 행주와 걸레, 손수건 쓰기.

스스로 다짐한 게 어언 3년이 지났다. 잘 지켰냐고 묻는다면…, 부끄럽게도 잘 못 지켰다. 요즘도 카페 들어가서는 "아 참, 텀블러 깜빡했다. 바보, 바보" 하면서 스스로 타박하는 게 일이다. 에코백을 깜빡하고 마트에 갔다가 호박과 당근을 바지 주머니에 쑤셔 넣고 나오기도 한다. 그나마 일회용 물티슈는 안 사면 쓸 일도 없어서 그 뒤로는 한 번도 안 썼다.

2022년 2월 8일, 환경에 관련한 역사적인 사건이 하나 있었다. 이탈리아에서 세계 최초로 환경보호 의무를 헌법에 명시했다. "국가가 환경과 생물 다양성, 생태계를 보호해야 할 의무를 진다"는 조항(9조)과 "민간의 어떠한 경제 활동도 보건 혹은 환경을 해치지 않는 선에서 이뤄져야 한다"는 조항(41조)이 담겼다.

전문가들은 이탈리아 개헌을 두고 역사적으로 위대한 진보를 이뤄냈다고 평가했다. 그 소식을 접하면서 나는 다시 한번 스스로를 돌아봤다. 어느 책에서 읽은 글귀처럼 "지구가 만들어온 억겁의 세월에 비하면 순간에 지나지 않을 우리 삶의 편리함을 위해, 얼마나 많은 것을 망쳐왔는지"하고 말이다.

새해가 되면 꼭 목표를 하나씩 세운다. 올해도 물론 목표를 하나 정했다. 재작년에도 실패했고 작년에도 실패했고, 그래서 올해에도 실패할 가능성이 매우 큰 목표다. 하지만 좌절하지 않고 내년에도, 내후년에도 다시 설정할 목표이기도 하다. 그것은 바로 텀블러와 에코백 이용하기, 물티슈 쓰지 않기. 올해에는 여기에 한두 가지를 더 추가해, 플라스틱 칫솔 대신 대나무 칫솔을, 아크릴 수세미 대신 천연 수세미를 써볼까 한다.

희망을 버려
그리고 힘냅시다

희망을 버려, 그리고 힘냅시다

저녁 때

돌아갈 집이 있다는 것

힘들 때

마음속으로 생각할 사람 있다는 것

외로울 때

혼자서 부를 노래 있다는 것.

〈행복〉, 《꽃을 보듯 너를 본다》(나태주, 지혜, 2015, 72쪽)

시 제목이 '행복'인 것으로 보아, 나태주 시인은 아마도 그런 때 행복하다고 느끼는 모양이다. 요즘 내가 그렇다. 행복이 뭐 별건가 싶다. 요즘은 소소한 일에도 충만한 행복감을 느낀다.

이렇게나 넓은 집이 내 집이라고?

비교적 최근에 있었던 일이다. 일요일 아침이었다. 창문 너머로 햇살이 쏟아져 들어왔다. 눈이 부셔서 잠에서 깼다. 담배 한 개비 입에 물며 핸드폰으로 음악을 틀었다. 전날 거실에 블루투스 스피커를 켜놨던 게 문득 생각났다. 연결했다. 근데 이게 웬걸. 블루투스 스피커에서 음악이 안 나왔다. 음악이 왜 안 나올까? 집이 너무 넓어서 연결이 안 됐던 거였다!

참고로 난 작업실을 겸해 넓은 사무실에 혼자 산다. 집이 무려 118.78제곱미터다. 평으로 따지면 자그마치 36평이다. 비록 월세인 데다가 재개발 동네라 그마저도 시세보다 훨씬 싼 가격에 들어왔지만.

아무튼, 핸드폰을 들고 거실로 나오니 비로소 음악이 흘러나왔다. 음악을 들으며 찬찬히 거실을 둘러봤다. 늘 머무는 공간이 새삼스럽게 느껴졌다. 이렇게 넓은 집에서 내가 산다고? 이렇게 근사한 공간에서 산다고? 허허허. 다시 강조하지만 월세다.

한번은 이런 일도 있었다. 그날은 아침부터 비가 억수같이 내렸다. 머피의 법칙처럼 몸은 꼭 쉬는 날에 아프다. 그날도 일어났는데 몸이 천근만근이라 꼼짝도 못 할 지경이었다. 그 와중에 샷 추가한 진한 아이스 아메리카노 한 잔이 간절했다. 어렵게 어렵게 몸을 일으켰다. 그런데 도무지 몸을 이끌고, 게다가 비를 뚫고 카페에까지 갈 자신이 없었다. 그래서 살면서 처음으로 커피를 배달시켜 먹었다. 배달비를 3000원씩이나 주고. 주문하다가 문득 이런 생각이 들었다. '출세했네. 커피를 다 시켜 먹고.' 허허허.

시의원의 전화

이런 순간들, 그러니까 충만한 행복감을 느끼는 순간마다 나는 '그날'을 떠올린다. 그날 그 전화를 받지 않았더라면 나는 지금 어떻게 살고 있을까.

지금으로부터 5년 전, 노가다 시작한 지 보름도 안 됐을 때 얘기다. 그때 난 잡부였다. 순도 100퍼센트 새내기 잡부. 그날도 어김없이 있는 욕 없는 욕 다 먹어가며 열심히 자재를 나르고 있었다. 잡부로 일하는데 욕먹을 일이 뭐 있겠냐 싶겠지만, 모르는 소리다. 잡부 세계에도 그 나름의 질서와 체계와 규율이 있다. 그 심오한 세계를 이해하기에는 내 노가다 짬밥이 턱없이 부족했다. 날은 덥지, 몸은 고되지, 욕은 욕대로 먹지, 한숨이 푹푹 나오던 참이었다. 전화벨이 울렸다.

"잘 지내시죠? 저 ○○○ 시의원이에요. 다른 게 아니라…."

"아아! 네, 안녕하세요."

으잉? 시의원이 노가다 잡부한테 전화를? 왜?

사연은 이렇다. 노가다판에 오기 전 문화 혹은 콘텐츠 기획자로도 일했었다. 그 당시 청년과 문화를 키워드로 그 시의원과 이런저런 의견을 나누다가 시간이 부족해 다음을 기약했었다. 그사이 내가 이혼하고 노가다꾼이 될 거라고는 시의원도, 나도 상상하지 못했다.

"지난번에 다시 만나기로 했던 거 기억하시죠? 원도심에서 도시재생사업을 할 건데, 청년들이 주도적으로 진행할 수 있는 어쩌고저쩌고⋯. 이번 주에 시간 어떠세요?"

"아, 죄송해서 어쩌죠? 제가 사정이 생겨 하던 일을 다 정리하고 고향에 내려와 있는 상황이어서요."

그때였다. 저쪽에서 작업반장이 소리쳤다.

"얀마! 너는 일도 못하는 새끼가 일은 안 하고 어디서 전화질이야! 당장 전화 안 끊어!"

급하게 전화를 끊었다. 주변을 둘러봤다. 미친 듯한 굉음과 뿌연 먼지, 따갑게 내리쬐는 햇볕. 거울을 보진 않았으나 시커멓고 꾀죄죄할 게 분명한 몰골. 머리가 띠-잉 울렸다.

그즈음 나는 곧잘 친구에게 전화해, 이혼하기 전까지 내가 얼마나 대단한 일을 했던 사람이었는지, 또 지금 하는 노가다가 나에게 얼마나 사소한 일인지에 관해 끊임없이 떠들었다. 그건 아마도 친구가 아닌 나 자신에게 하는 말이었을 거다. 그만큼 그때 난 지난

날에 누렸던 '특권'과 '지위', 꿈꾸고 그렸던 '이상'에 대한 미련을 버리지 못했던 거 같다. 과거에 사로잡혀 현실을 부정하고 있으니, 당연하게도 노가다 일 또한 온전히 즐길 수 없었으리라.

그러다 전화를 받았고, 그 전화 덕에 겨우 과거에서 빠져나올 수 있었다. 나는 이제 기획자도 뭣도 아닌 '서른둘 무일푼 노가다 잡부'라는 걸 깨달은 거다. 물론, 전화 한 통 받았다고 해서 삶이 180도 달라진 건 아니었다. 하지만 그 전화는 분명 내 삶에 어떠한 균열을 일으켰다.

방울토마토 몇 알

그로부터 5년이 흘렀다. 그사이 나에게도 많은 변화가 있었다. 삶의 흐름을 크게 바꿔놓은 건 물론 그 전화였지만, 그 밖에도 다양한 경험이 나를 제법 단단하게 만들었다.

5년이라는 시간 동안 내가 어떤 걸 경험했고, 그 과정이 나에게 어떤 고민과 깨달음을 줬고, 그것들이 내 삶을 얼마큼 단단하게 만들었는지, 그 구구절절한 5년의 이야기를 여기서 다 할 순 없다. 분명한 건 이거다. 이제는 '생겨먹은 그대로' 나를 제법 존중하는 사람이 되었다는 것.

생겨먹은 대로 나를 존중한다는 건 이를테면 이런 거다. 과거 어느 시점까지는 내가, 혹은 내 글이 세상을 바꿀 수 있다고 믿었다. 아니, 믿어 의심치 않았다. 그 시절, 가깝게 지냈던 사람이 나에게 말하길 "너는 너무 자신만만해. 그래서 무서워"라고 했을 만큼 내 자신감은 과했다. 그러니 어느 것에도 만족할 수 없었다. 더 높은 곳에 오를 수 있고, 더 많은 것을 쟁취할 수 있을 거라고, 스스로 기대했다.

기대가 큰 만큼 지금의 나를 부정할 때도 많았다. '못난' 내 모습을 도무지 인정할 수 없었다. '이게 나라고? 아냐, 그럴 리가 없어. 그땐 어쩔 수 없었어. 내가 아니라 너 때문에 일이 이렇게 되었잖아.' 그렇게 떠넘기고 핑계 대고 포장했다. 기대와 부정 사이에서 나는 매 순간 갈등하고 긴장하고 초조해했다. 끝끝내 저 높은 곳에 오르지 못할까 봐. 나의 바닥을 누군가에게 들킬까 봐.

지금은 안 그런다. 나 스스로 거창한 무언가를 기대하지 않는다. 세상을 바꿀 만큼 대단한 사람이 아니라는 걸, 나 스스로 잘 안다. 기대 이상의 어떤 성과를 내더라도, 그게 온전히 내 덕이라고도 여기지 않는다.

그렇다고 세상을 대하는 태도가 염세적이라거나, 내 삶에 자조적이라는 건 아니다. 그것과는 조금 결이 다르다. 말하자면 박찬욱 감독의 영화 〈싸이보그지만 괜찮아〉에서 나오는 대사처럼 "희망을 버려. 그리고 힘냅시다"와 비슷한 태도랄까.

그뿐만 아니다. 이제는 나의 못난 모습에도 실망하지 않는다. 가령, 아무 데서나 담배 피우다가 길바닥에 슬쩍 담배꽁초를 버리고, 일회용품을 쓰지 않겠다고 공공연히 떠들면서 날이면 날마다 플라스틱 컵과 비닐봉지를 쓰고, 친구를 만나면 축축하고 걸쭉한 농담을 따먹으면서 낄낄거리다가 대외적인 자리에선 엄숙한 표정으로 성평등을 논하고, 가까운 사람에게는 별것도 아닌 일로 버럭 화내면서 윗사람의 불합리하고 권위적인 태도에는 곧잘 참는 모습까지. 그런 못난 부분도 나의 일부라는 걸, 잘 안다.

기대할 필요도 부정할 이유도 없다 보니, 나에게 실망하거나 나를 포장할 일도 없다. 한마디로 불필요한 거에 애써 힘쓰지 않는다. 그러니 소소한 일에도 충만한 행복감을 느낄 수밖에.

올봄, 작은 화분 몇 개에 방울토마토를 심었다. 며칠 전부터 노란 꽃이 피기 시작하더니 기어코 열매가 몇 알 맺혔다. 거름 한 줌, 비료 한 알 안 섞어준 이 작은 화분에서 용케도 열매를 맺는구나 싶어, 감동하고야 말았다. 이 작은 생명의 노력이 가상하고 또 위대하게 느껴졌다. 그거면 충분하다. 방울토마토 몇 알이면.

결국엔
사람

한쪽 눈을 잃어도 끼니는 찾아온다

김주희 작가가 쓴 《피터팬 죽이기》라는 소설이 있다. 소설 속 주인공 '예규'는 열 살 때 왼쪽 눈에 야구공을 맞았다. 그 뒤로 10년 동안 서서히 왼쪽 눈 시력을 잃었다. 스무 살 때 실명 판정을 받았다.

한쪽 눈으로 바라보는 하늘

한쪽 눈을 가리고 창밖을 바라봤다. 불과 10초? 답답해서 얼른 손을 내렸다. 평생 한쪽 눈으로만 살아야 한다면 어떤 기분일까. 아마도 매우('매우'라는 부사에 다 담을 수 없을 만큼) 불편하겠지. 그것이 외형적으로 드러나는 경우라면 또 어떨까. 남들 시선까지 의식해야 하는 경우라면 말이다. 다행히도 예규는 그렇지 않았다.

> 첫 번째 애인은 또, 남에게 상처를 까발리지 말라고 했다. 남에게
> 건너간 상처는 술자리에서든 길바닥에서든 농락당할 가능성이
> 있으며, 상처가 농락당한다는 것은 상처의 주인이 쓰레기 취급을
> 받는 것과 다를 바 없다고 했다.
> (중략) 나는 그 사람의 말대로 실명 사실을 비밀에 부쳤다.
>
> 《피터팬 죽이기》(김주희, 민음사, 2004, 13쪽)

강 씨 형님이 우리 팀에 처음 온 날, 나는 예규를 떠올렸다. 강 씨 형님은 예규처럼 "실명 사실을 비밀에" 부칠 수도 없었다. 보는 순간 알았다. 왼쪽 눈이 실명이라는 걸.

재작년이었던가, 내 오른쪽 눈에 다래끼가 났다. 그런가 보다 했더니 며칠 뒤 눈이 탱탱 부었다. 안과 의사는 살짝 째서 짜내는 수밖에 없다고 했다. 시술 마치고 오른쪽 눈에 안대를 했다. 괜찮겠지 싶어, 다음 날 현장에 나갔다. 작업반장이 일할 수 있겠느냐고 물었다. 나는 '물론'이라고 했다.

그런데 망치질하려는데 도무지 조준이 안 됐다. 거듭 '헛방'을 내려쳤다. 망치질도 망치질이지만 그보다 더 큰 문제는 걷는 거였다. 거리 감각이 없다 보니 자꾸만 뒤뚱거렸다. 두어 번인가 자빠질 뻔했다. 몇 푼 벌려다 큰 사고 칠 거 같았다. 작업반장한테 갔다.

결국엔
사람

"어떻게든 해보려고 했는데, 안 되겠어요. 망치질을 할 수가 있어야죠."

"그러게 뭐랬냐. 한쪽 눈으로 일하는 게 쉬운 줄 아냐? 다치면 너만 손해니까 우선 들어가고, 안대 풀면 나와라."

나는 강 씨 형님이 일하는 걸 지켜보다가, 문득 그때 생각이 났다. 내 의지와 다르게 엉뚱한 곳에 망치질하던 그날 말이다. 강 씨 형님은 두 눈으로 망치질하는 사람만큼, 아니 그 이상으로 망치질을 잘했다. 망치질뿐 아니라 모든 작업을 능수능란하게 해냈다. 누가 봐도 '베테랑 목수'였다.

그 뒤로도 꽤 오랜 시간 함께 일했지만, 나는 강 씨 형님 왼쪽 눈이 안 보인다는 사실을 단 한 번도 의식하지 못했다. 어쩌다 눈이 마주치면 그제야 실감했다. 맞아, 그랬었지.

감당해야 하는 무섭고도 명징한 이치

나중에 안 얘기다. 강 씨 형님은 망치질하다 콘크리트 못이 튀어 왼쪽 눈을 잃었다.

망치질하다 못이 튀는 건 현장에서 아주 흔한 일이다. 목수가 제일 많이 쓰는 못이 3인치 쇠못이다. 대가리 지름이 불과 5밀리미터다. 2인치 쇠못이나 콘크리트 못은 대가리 지름이 2~3밀리미터밖에 안 된다. 제아무리 베테랑 목수여도 열에 한두 번은 빗겨 때릴수밖에 없다. 그럼 여지없이 못이 튄다.

못이 어디로 튈지는 아무도 모른다. 못을 잡은 손등이나 발목, 심지어는 옆에서 작업하는 사람에게 튀기도 한다. 얼굴로 튀는 경우도 많다. 튕겨서, 재수 없이 못 끝에 맞으면 피부가 속절없이 찢어진다. 나도 손등, 발목, 얼굴에 못이 튀어 찢어지고 긁히고 찍힌 적이 많다.

특히 콘크리트 못이 아프다. 이름 그대로 콘크리트 바닥에 박는 못이라 나무에 박는 쇠못보다 훨씬 '짱짱'하다. 그런 데다가 튀기도 더 잘 튄다. 콘크리트에는 원래 못이 잘 안 박힌다. 시계나 액자를 건다고 벽에 못질을 한 번이라도 해본 사람은 알 거다. 잘 안 박히니까 자꾸 망치가 튕겨 나온다. 그래서 못도 같이 튄다.

그럼 일반 가정에서 하듯 드릴로 먼저 구멍 뚫고 그다음 못 박으면 안 되느냐고 물을지도 모르겠다. 현장에선 그럴 시간도 여유도 없다. 목수들은 그냥 '쌩짜'로 무식하게 때려 박는다. 강 씨 형님이 왼쪽 눈을 잃은 것도 그런 이유였다.

가끔 난 강 씨 형님을 생각한다. 망치질 탓에 한쪽 눈을 잃었으면서, 다시 망치를 잡을 수밖에 없었던 한 인간에 관해서 말이다.

김훈 작가는 에세이 《밥벌이의 지겨움》에서 이렇게 말한다.

전기밥통 속에서 밥이 익어가는 그 평화롭고 비린 향기에 나는 한평생 목이 메었다. 이 비애가 가족들을 한 울타리 안으로 불러 모으고 사람들을 거리로 내몰아 밥을 벌게 한다. 밥에는 대책이

결국엔
사람

없다. 한두 끼를 먹어서 되는 일이 아니라, 죽는 날까지 때가 되면 반드시 먹어야 한다. 이것이 밥이다. 이것이 진저리 나는 밥이라는 것이다.

《밥벌이의 지겨움》(김훈, 생각의나무, 2007, 36쪽)

한쪽 눈 잃어도 끼니는 어김없이 찾아온다. 한쪽 눈 잃어도 나와 아내와 자식은, 끼니마다 밥을 먹어야 산다. 그것이 강 씨 형님, 아니 우리 모두가 감당해야 하는 무섭고도 명징한 이치다.

인간은 누구나 나약하다. 날 다치게 한 무언가에 맞서 다시 당당할 수 있는 사람이 얼마나 있을까. 강 씨 형님은 그 트라우마를 극복한 걸까. 굳은 의지로 이겨낸 걸까.

그래서 그의 삶은 아름답다

여기서 우리 현실을 한번 생각해보자. 평생 망치질만 한 중년 남성이 있다. 불의의 사고로 한쪽 눈을 잃었다. 그 중년 남성을 받아줄 직장이 대한민국에 얼마나 있을까. 서글픈 얘기지만, 요원하다.

그래서 강 씨 형님은 다시 망치를 잡았을 거다. 배운 게 도둑질이니까. 어쨌거나 당장 먹고 살아야 했을 테니까. 그러니 강 씨 형님은 트라우마를 극복한 게 아니라, 그저 견뎌내는 것인지도 모르겠다.

감히 짐작이나 할 수 있을까. 안 봐도 빤하다. 같은 실수를 해도,

강 씨 형님이 실수하면 분명 '한쪽 눈이 안 보여서 그런 거'라고 나무랐을 거다. 그런 소리 듣기 싫어서라도 강 씨 형님은 남들보다 더 노력했을 거다. 어쩌면 퇴근한 다음이나 주말에 틈틈이 망치질을 연습했을지도 모른다.

아니, 분명 했다. 그렇게 오직 실력으로 다시 인정받았다. 그 노력의 세월을 내가 감히 짐작이나 할 수 있을까. 밥벌이의 소중함을 알고, 그리하여 다시 '베테랑 목수'로 살아가는 강 씨 형님의 삶을 말이다.

결국엔
사람

오줌으로 만든 아파트

경고. 아직 식사 전이거나 비위가 약한 사람은 일단 S.T.O.P! 지금부터 아주 리얼하게 '똥'과 '오줌' 얘길 좀 해볼 참이다.

예? 바지에 똥을 쌌다고요?

잡부 때 일이다. 용역 아저씨와 일하던 중이었다. 잠시 화장실 좀 다녀온다던 아저씨가 한참이 지나도 소식이 없었다. 한 시간이 좀 넘었으려나. 혹시 무슨 일이라도 생겼나 싶어 전화를 걸었다.

"아니, 아저씨! 화장실 간 게 언제인데 아직도 안 오세요?"

"그게 말이여~ 화장실이 멀어서 가다가 바지에 그만 설사를 해버렸어…. 대충 추스르고 집으로 걸어가는 중이여~. 인력소 통해서 내가 얘기할 테니까 그거 하던 거 좀 잘 마무리해줘~."

"예? 바지에 똥을 쌌다고요? 아 네…. 알겠어요."

이게 무슨 황당한 일인가 싶었다. 다 큰 어른이 그걸 참지 못해 바지에 쌌다고? 그때까지만 해도 난 이해할 수 없었다. 아무리 생리 현상이라지만, 정신이 육체를 지배할 수 있다고 하지 않는가. 당신이 그런 극한 상황에 처해보지 않아서 이해 못 하는 거라고? 아니다! 30년 넘게 살았는데 그런 경험 한두 번쯤 없었으려고. 내 인생에도 무수히 많은 '고난'과 '역경'이 있었다. 그때마다 난 정신력 하나로 버텨냈단 말이다.

나로 말할 것 같으면 누구보다도 화장실을 가리는 편이다. 소변이야 아무 데서나 싸도 거리낌이 없지만, 대변 볼 때만큼은 '수줍음'이 많다. 금방이라도 쏟아져 나올 것 같다가도 집 말고 다른 곳 화장실에 앉으면 도통 나오려 하질 않는다. 그렇게 한참 앉아 있는데 누군가 똑똑 노크라도 하는 날엔 나오려던 놈들까지 도로 들어가 버린다. 누군가가 밖에서 엉거주춤한 자세로 서서, 내가 나오기만을 기다린다는 심리적 압박이 늘 내 괄약근을 긴장시킨다.

그러니까, 남이 앉았던 변기에 앉기 찜찜하다거나 공중화장실은 더럽다거나 하는 사람과는 결이 조금 다르다. 어쨌든 어지간하면 대변은 집에서 마음 편히 해결하자는 주의다. 실제로 그런 '수줍음' 탓에 군대 훈련소에 있을 땐 일주일이나 변비에 시달렸다. 직장 생활을 하면서도, 또 노가다하면서도 대변을 참느라 고생한 경우가 한두 번이 아니다. 심지어 이런 일도 있었다.

때는 바야흐로 2017년으로 거슬러 간다. 잊을 수 없는 기억이다. 설 연휴였다. 눈이 엄청나게 내렸다. 고속도로는 그야말로 마.비. 그때 난 대전에서 고속버스를 타고 강릉에 가던 참이었다. 오후 3시에 출발한 버스는 결과적으로 새벽 1시에 도착했다. 넉넉히잡아 네 시간이면 갈 거리를 열 시간 만에 갔다.

오후 6시쯤 휴게소에 들른 기사님은 휴게소에 들어오고 나가는데도 시간이 오래 걸리니, 이번 휴게소를 마지막으로 강릉까지 쭉가겠다고 했다. 그러니 미리미리 볼일들 보시라는 말과 함께.

배가 아프기 시작한 건, 공교롭게도 버스가 휴게소를 막 나선 직후부터였다. 나는 장거리 이동으로 지친 승객들의 따가운 시선을온몸으로 받으며 휴게소에 또 가자고 말할 자신도, 그렇게 휴게소에 간다고 한들 대변을 볼 자신도 없었다. 한 명만 밖에서 기다려도 쏙 들어가 버리는데, 버스에서 45명이나 기다리는 상황에서 나올 턱이 있을까. 참았다. 주룩주룩 흐르는 식은땀을 연신 훔쳐내며, 온몸의 신경을 괄약근에 집중시키며 무려 일곱 시간을 참고 또참았다.

그런 나다! 그러니, 바지에 똥 싼 다 큰 어른을 어떻게 이해할 수있을까.

내가 그 아저씨를 비로소 이해한 건 얼마 전이다. 아침부터 배가 슬슬 아팠다. 흔한 일이었다. No problem! 그렇게 종일 참았다가 집에 가서 똥 싼 적 많았다. 그래서 참으려고 했다. 근데, 아니었다. 경험상 이번 녀석들은 오후 5시까지 기다려주지 않을 것 같았다. 아니, 기다려주기는커녕 지금 당장 나오겠다고 아우성치기 시작했다.

뒤에서 다시 얘기하겠지만, 현장 화장실은 늘 멀다. 족히 5분 이상 걸어야 한다. 걸어가다가 두어 번 고비를 넘겼다. 두 번째 고비 때는 주저앉아 버렸다. 걸어가는 건 둘째 치고 서 있는 것조차 불가능했다. 살면서 한 번도 경험해보지 못한 쓰나미였다. 온몸을 배배 꼬아가며 겨우 화장실에 도착했다. 변기에 앉으려는 순간!

"이런 ×발!"

휴지가 없었다. 어디에도, 화장실 어디에도 휴지가 없었다. 고민했다. 싸자. 우선 싸고 생각하자. 아니다. 휴지를 가져오자. 고민을 길게 할 수 없었다. 똑딱, 똑딱, 똑딱. 1, 2, 3, 4, 5초. 가자. 사무실로 가자. 갈 수 있다. 아니, 가야 한다. 갔다. 겨우, 겨우, 갔다.

"저기…. 휴지 어딨어요. 빨리!"

"저~기. 가져가유~."

"감사합니다."

"어이어이! 통째로 가져가면 어떻게 해유! 쓸 만큼 뜯어가유~."

"아니, 급해서 그러는데 쓰고 남은 거 다시 가져다드릴게요."

"에이~ 그럼 안 되지~. 줘봐유~. 뜯어줄게."

"부족할 거 같은데? 조금만 더 주세요. 빨리!"

결국엔
사람

그렇게 난 다시 화장실로 미친 듯이 뛰었다. 그런데 마지막 남은 한 칸에 나보다 앞서 사람이 들어가는 게 아닌가. 오! 하나님, 어째서 저에게 이런 시련을 주시나이까. 똑똑. 똑똑. 똑똑. 난 모든 칸을 두드리기 시작했다. 그 순간! 기적처럼 한 칸이 열렸다.

"아휴, 감사합니다!"

그날 깨달았다. 바지에 똥 쌀 수도 있다는 걸. 1분, 아니 10초만 늦었어도 그날 난 잊을 수 없는 '추억'을 남길 뻔했다.

대규모 현장에 화장실은 겨우 하나

노가다 시작한 지 얼마 안 됐을 때다. 큰 현장에선 아침마다 원청 주관으로 조회를 한다. 원청 직원이 앞에 나와 어쩌고저쩌고하던 그때, 정리팀 반장이 손을 번쩍 들었다. 참고로, 정리팀은 주요 공정 뒤, 쓰고 남은 자재 등을 정리하고 깨끗이 청소하는 팀이다.

"건의 사항이 있습니다. 제발 현장 구석에 똥 좀 싸놓지 마세요. 우리가 자재 정리하러 왔지 똥 치우러 온 줄 아십니까? 똥은 제발 화장실에서 싸시라고요!"

말하자면 다 큰 어른들이 '노상방변' 한단 얘긴데, 현장 상황을 잘 몰랐던 당시 나로서는 의아했다. 아니, 멀쩡한 화장실을 놔두고 굳이 왜 노상방변을?

현장 경험이 조금 쌓인 지금은 안다. 노가다꾼들이 노상방변하는 이유 말이다. 위에서 얘기한 것처럼 거의 모든 현장 화장실이 멀다. 특히 아파트 현장이 그렇다. 많으면 10개 동에서 20개 동까지도 짓는 대규모 현장에 화장실이 겨우 하나뿐인 경우가 많다. 그것도 현장 초입에 있는 원청 사무실 옆.

현장 끝에서 일하는 인부는 적어도 10분 이상 걸어야 화장실 한 번 다녀올 수 있다. 그나마도 지하주차장 공사할 때 얘기다. 건물이 한층 한층 올라가기 시작하면 화장실 한번 다녀오는 게 '일'이 된다. '빨리빨리'가 일상인 노가다판에서 남들 다 일하는데 30분씩 잡아먹어 가며 화장실에 다녀오기란, 사실 쉽잖다. 오야지 눈치를 안 볼 수 없다.

그래서 인부들은 어떻게든 현장에 투입되기 전 볼일을 보려고 한다. 그런데 이것도 문제다. 아침 화장실 풍경, 그야말로 가관이다. 대변 칸은 겨우 대여섯 칸인데 현장 인부는 보통 200~300명이니, 줄이 끝도 없이 길다.

해서, 어느 현장이건 인부들의 가장 큰 요구 사항은 현장 곳곳에 간이화장실 좀 만들어달라는 거다. 그때마다 원청은 현장 여건상 어쩔 수 없다는 얘기만 반복한다. 간혹 한두 군데 간이화장실을 설치하는 현장도 있다. 관리가 안 되어서 문제지만. 화장지가 없는 건 기본이요, 똥이 쌓이다 못해 넘쳐흐르는 곳도 있다. 여름엔 정말 근처에도 가기 싫다.

그러니 인부들은 구석에 싼다. 10분 이상 걸을 수 없을 정도로 급박한 경우도 있을 테고, 그렇게 왔다 갔다 하자니, 오야지 눈치

결국엔
사람

도 보이고, 좀 귀찮기도 할 테고.

오줌은 더 쉽다. 구석에 싸는 것도 아니다. 옆에서 빤히 일하는데 대놓고 싼다. 공정이 길어져 같은 작업장에서 며칠씩 일하다 보면 여기저기서 지린내가 진동한다. 가끔 주변 사람들이 이런저런 브랜드를 따지며 아파트 얘기를 할 때면 내가 해주는 얘기가 있다.

"비싼 브랜드 아파트면 내장재가 좀 다를 순 있겠지. 타일이라든가, 벽지라든가, 장판 같은 거. 근데 골조 공사는 똑같아. 다~ 오줌, 똥으로 만들어. 비싼 브랜드 아파트에서 일하는 노가다꾼은 오줌 안 쌀 거 같냐? 푸하하! 그러니까 너무 브랜드 따지지 마라."

화장지 사재기를 보며

2020년 코로나가 전 세계를 덮쳤다. 그해 봄이었다. 코로나 대처가 미숙했던 유럽과 미국에 사재기 현상이 일었다. 텅텅 빈 마트 현장과 카트에 식료품을 잔뜩 싣는 외국인 모습이 뉴스에 자주 나왔다. 당시 내가 예사롭지 않게 봤던 장면은 화장지 사재기였다. 어쨌든 먹어야 사니까 식료품을 사재기하는 마음은 이해한다. 그런데 화장지를 왜? 물론 있다고 나쁠 것까지야 없겠다만 그게 사재기할 만큼 중요한 물품인가?

그러다 우연히 뉴스를 보고 궁금증을 풀었다. 뉴스에 나온 누군가가 말하길, 화장지의 첫 번째 역할은 똥 닦는 것. 따라서 화장지는 인간 존엄성 내지는 자존감과 직결하는 물품이란다. 그러니까 화장지 사재기는 굶어 죽을지언정 존엄성만큼은 지키겠다고 하는 인간의 몸부림이었다. 일리 있는 분석이었다. 상상해보라. 똥 쌌는데 휴지가 없다고, 혹은 휴지가 뻔히 없다는 걸 알면서도 똥 싸야 하는 상황을 말이다. 그 기분을 상상해보자는 거다. 과장 좀 보태면 나는 비참한 기분이 들 것 같았다.

바지에 똥 싼 용역 아저씨가 집으로 갈 수밖에 없었던 것도, 금방이라도 비집고 나올 것 같은 똥을 참아가며 다시 사무실로 가 화장지를 가져온 나도, 모두 같은 마음이 아니었을까.

노가다꾼들은 그런 환경에서 일한다. 최소한의 존엄성도 보장받지 못하는 환경에서 말이다. 원청과 하청에서도 안다. 현장 인부들이 구석에서 똥 싸고, 아무 데서나 오줌 싸면서 일한다는 걸. 매일 아침 화장실 앞에서 전쟁이 벌어진다는 것도. 알면서도 그냥 무시한다. 건물 올라가는 데에는 크게 지장 없으니까.

하긴, 그게 어디 노가다판만의 문제일까 싶다. 우리 사회 곳곳에는 여전히 최소한의 존엄성도 보장받지 못한 채 살아가는 사람이 많다. 기억할지 모르겠다. 깔창으로 생리대를 대신했다던 어느 소녀 이야기.

수백 수천억 원이 왔다 갔다 하는 아파트 현장에서 간이화장실을 서너 개 설치할 비용과 그걸 관리할 한두 명 인건비가 없진 않을 거다. 공동체 일원에 대한 약간의 관심과 배려면 될 일이니.

똥 얘기 끝!

결국엔
사람

왼손잡이 목수

서른이 훌쩍 넘은 나이에 왼손잡이라는 이유로 타박받는 게 은근
히 스트레스였던 모양이다. 왜 우리는 다름을 존중해주지 못하는
걸까.

너 째비냐?

목수 일 시작하고 얼마나 지났을까. 같이 일하던 형님이 날 가만
히 지켜보다 물었다.

"너, 째비냐?"

묘한 뉘앙스로 짐작건대 좋은 말은 분명 아닌 것 같았다. '오옹?'
하는 표정으로 형님을 쳐다보며 되물었다.

"째비요? 째비가 뭐예요?"

"이 쉐끼 이거, 지가 째비면서 째비가 뭔지도 모르네. 너 같은 놈을 째비라고 하는 겨. 왼손째비."

"아~ 네…. 왼손잡이예요."

형님은 마저 말을 이었다. 왼손잡이가 대화 주제로 나왔을 때 으레 따라오는 질문과 타박이 이어졌다.

"다 왼손으로 하냐?"

나에겐 익숙한 (그렇지만 오랜만에 들어보는) 질문이었다. 대답도 늘 정해져 있다.

"아뇨. 숟가락질이랑 글씨는 오른손 쓰고요, 젓가락질부터 나머지는 다 왼손 써요."

"용케 글씨는 오른손으로 쓴다잉? 어릴 때 제대로 안 배우고 뭐 했냐! 이래서 가정교육이 중요하다니까. 안 그러냐? 하하하."

그런 타박을 들을 때마다 정해진 행동도 있다. 머리를 긁적긁적 긁으며 바보처럼 배시시 웃어 보이는 것. 뭐라 뭐라 대꾸해봐야 말 대답으로밖에 안 비칠 테고, 그럼 타박이 더 길어진다. 형님은 배시시 웃는 날 보고는, 못다 한 말이 남았는지 입맛을 쩝쩝 다셨다.

나는 그날, 다소 신선한 충격을 받았다. 아직도 왼손잡이를 타박하는 사람이 존재한다는 사실에. 근데 말이다. 충격도 오래가지 않았다. 그 뒤로도 "너 째비냐?"로 시작해서, (겪어보지도 않았으면서) '째비'로 사는 사람이 얼마나 불편한 삶을 살아야 하는지, 특히 목수가 '째비'일 때 얼마나 고생스러운지에 관해 장광설을 늘어놓는 노가다 형님들을 너무 자주 봤으니까. 형님들은 마지막에 꼭 이런 말을 덧붙였다.

"그러게. 어릴 때 제대로 배웠어야지. 쯧쯧."

나는 그럴 때마다 서른 중반 나이에 가정교육이 어쩌고저쩌고 하는 소리나 듣고 앉아 있는 나에 대한 자괴감과 일흔이 가까운 아버지까지 욕보이게 만든 것에 대한 죄스러움과 아무 말이나 막 뱉어버리면 그만인 형님들에 대한 울화가 뒤죽박죽 섞여 목구멍까지 차올랐다. 그렇지만 꾸욱 참았다. 무슨 말을 한다 한들, 그게 무슨 의미일까 싶어서. 그 부질없음에 말이다. 그냥 속으로 이렇게 속삭이고 말았다.

"Okay Boomer."[09]

야구글러브를 끼지 못하는 아이

그때 형님들에게 하지 못한 말, 여기서라도 좀 해야겠다. 억울하고 속상해서 넋두리하는 거니까 이해해주시길.

어릴 때 제대로 안 배우고 뭐 했냐고? 이래서 가정교육이 중요

....
09 베이비부머 세대의 참견이나 가르침을 맞받아치는 영미권 표현이다. 2019년 11월 뉴질랜드 의회의 25세 의원이 기후변화 관련 연설 도중 기성세대의 야유를 받자 '오케이 부머'라는 표현으로 응수하면서 화제가 됐다. 〈네이버 지식백과〉

하다고? 암요, 암요. 왜 안 받았겠습니까. 그놈의 가정교육! 요즘도 가끔 아버지는 왼손으로 젓가락질하는 나를 보며 말씀하신다.

"에휴~ 저놈 저거 그래도 내가 글씨는 오른손으로 쓰게 만들었으니 그나마 다행이지."

어릴 적, 아버진 늘 말씀하셨다. 다른 건 둘째치고 연필과 수저만큼은 오른손을 써야 한다고. 그건 아버지의 오랜 '숙원사업'이었고, '절반의 성과'만 거둔 게 여전히도 못마땅하신 게다.

나머지 절반, 그러니까 오른손 젓가락질을 아버지가 포기한 건 내가 중학교에 들어가고도 한참 뒤였다. 그전까지 왼손으로 젓가락질할 거면 밥 먹지 말라는 말을 도대체 몇 번이나 들었는지, 끝끝내 밥상에서 쫓겨난 건 또 몇 번이었는지 셀 수조차 없다.

그럴 때마다 나도 억울한 마음에 입을 삐죽 내밀곤 했다. 태어나 보니 '쨰비'였고, 때려죽인대도 오른손으론 젓가락질 못 하겠는 걸 도대체 어쩌란 건가 싶었다.

형님들 말이 영 틀린 건 아니다. 세상 모든 일이 그렇듯, 목수 일도 오른손잡이 기준이다. 우선, 모든 연장이 오른손잡이용이다. 그러니까 나는 오른손잡이용 연장을 왼손으로 든 채, 어정쩡한 자세로 사용할 수밖에 없다.

특히, 스킬[10]을 쓸 때가 최악이다. 스킬로 나무를 자르면 톱밥이 엄청나게 뿜어져 나온다. 그 톱밥이 오른손잡이 입장에서 보자면 바깥쪽으로 뿜어져 나가지만, 내 입장에서 보자면 안으로 뿜어져 들어온다. 해서, 나는 스킬을 쓸 때마다 톱밥으로 샤워를 한다.

시공할 때도 마찬가지다. 이 또한 오른손잡이 기준이다. 초짜한테 알려줄 때도 매우 당연하게 오른손잡이 기준으로 알려준다. 나는 시노[11] 때문에 애를 많이 먹었다. 참고로, 시노는 망치와 더불어 형틀목수가 제일 많이 쓰는 연장이다. 다른 연장은 몰라도 망치와 시노만큼은 꼭 옆구리에 차고 다닌다.

그럼 시노는 언제 쓰느냐. 만능 연장이라고 해도 좋을 만큼 다양하게 쓴다. 지렛대로도 쓰고 구멍을 뚫을 때도 쓴다. 심지어 급할 땐 시누 대가리로 못도 박는다. 그밖에도 시노 활용도는 무궁무진하다. 물론, 제일 중요한 역할은 반생이[12]를 묶을 때다. 막대기로 선물 상자 매듭 묶는다고 상상하면 된다.

아무튼 이놈의 시노질이 문제였다. 시노로 반생이를 묶는 게 나에겐 세상 무엇보다 어렵게 느껴졌다. 초짜 시절, 형님들한테 얼마나 깨졌는지 모른다.

"야! 야야! 이게 안 되냐? 다시 해봐."

"아니, 그게 아니라, 저는 왼손으로 해야 하니까, 헷갈려서요. 한

10　현장에선 휴대용 원형톱을 스킬이라 부른다. 'Skil'이라는 독일 전공공구 회사에서 원형톱을 만들어 판매하기 시작했고, 그게 보통명사처럼 굳어진 경우다.

11　30센티미터 정도의 쇠막대기로 끝이 가늘고 약간 구부러져 있다. 주로 반생이를 조일 때 쓴다.

12　현장에서 쓰는 굵은 철사. 보통 6반생(직경 4.8밀리미터)과 10반생(직경 3.2밀리미터)을 쓴다. 일본어 ばんせん[반쎈]에서 파생한 말이다.

번만 다시 보여주세요."

"그러니까 잘 보라고! 천천히 보여줄 테니까. 이렇게! 응? 이렇게 꼬아서 이쪽으로! 응? 이렇게 빼서! 이쪽으로 돌리면 된다고! 이 쉬운 게 왜 안 된다는 거야!"

머리에서 쥐가 날 것 같았다. 형님이 왼쪽으로 시노를 돌리면 난 오른쪽으로 돌리고, 형님이 오른쪽으로 꼬면 난 왼쪽으로 꼬아야 하고. 에휴~. 내가 더 죽을 맛이었던 건, 상황에 따라 반생이 묶는 방법이 천차만별이어서다. 한 가지 방법만으로도 머리에서 쥐가 날 것 같은데 여러 방법을 한꺼번에, 그것도 거꾸로 외우려니 그게 쉬울 턱이 없다. 남들 낮잠 자는 점심시간마다 홀로 현장에 들어가 시노를 이리 꼬고 저리 꼬아가며 얼마나 연습했던지…. 지금이야 눈 감고도 시노를 휙휙 돌리지만, 그때는 정말 울고 싶었다.

진짜로 엉엉 울었던 기억도 있다. 초딩 때다. 친구들과 야구 하러 운동장에 모였다. 집 좀 산다는 녀석이 야구글러브를 가지고 나왔다. 나도 껴보고 싶었지만 낄 수 없었다. 난 왼손으로 공 던져야 하는데, 녀석이 가져온 글러브는 당연히 왼손에 끼는 오른손잡이 용이었으니까. 왼손에 글러브를 끼고, 오른손으로 공을 던지는 녀석이 얼마나 부러웠는지 모른다. 그날 집에 가자마자 엄마한테 글러브 사달라고 엉엉 울며 매달렸다.

그 밖에도 '째비'여서 겪어야 했던 웃지 못할 사연이 차고도 넘친다. 지금도 난 식당에 가면 제일 왼쪽에 앉는다. 내 왼쪽에 사람이 앉으면 그 사람 숟가락질과 내 젓가락질이 부딪친다. 그렇게 부딪치면 (굳이 따지자면 누구 잘못도 아니지만) 누구라도 날 흘겨볼 게 분명하니까.

왼손잡이의 삶이란 그렇다. 괜히 억울하고 섭섭한 삶. 입술이 삐죽 나오는 상황을 살아가는 내내 겪어야 하는 삶. 그러니, 타박 좀 그만 해주세요.

다름을 존중하는 세상

언젠가 누군가가 나에게 이렇게 물었다.

"어떤 세상을 꿈꾸세요? 어떤 세상에서 살고 싶으세요?"

한참 고민한 끝에 내가 했던 대답이다.

"다름을 존중하는 세상이요."

다름을 존중하는 세상에서 살고 싶다던 무렵 나는 그 '다름' 때문에 스트레스가 많았다. 당시 난 이런저런 이유로 비건[13]으로 살았다. 굳건한 의지로 시작한 건 아니었다. 해서, 나로 인해 불편해지는 상황을 만들지 않으려고 노력했다. 가령, 주변 누군가에게 채식을 권한다거나 유난을 떨지 않았단 얘기다. 그냥 혼자 조용히 고기를 먹지 않았고, 고기를 꼭 먹어야 하는 회식 자리 등에선 기꺼

....

13 사전에서는 "채소, 과일, 해초 따위의 식물성 음식 이외에는 아무것도 먹지 않는 철저하고 완전한 채식주의자"라고 정의한다.

이 고기를 먹었다. 내일부터 다시 안 먹으면 그만이라는 심정으로.

그런데도 비건으로 사는 건 참 쉽지 않았다. "그럼, 식물은 안 불쌍해?"로 시작하는 시비조 질문과 어떻게든 논리적으로 날 찍어 눌러 고기를 먹이고야 말겠다는 불굴의 오지라퍼들이 내 힘을 쭉쭉 빠지게 만들었다. 참고 삼아, "그럼, 식물은 안 불쌍해?"에 대한 대답은 김우열 작가가 쓴 《채식의 유혹》(퍼플카우, 2012)에 잘 나와 있다.

그렇게 2, 3년쯤 버티다가 이런저런 핑계로 채식을 그만뒀다. 지금은? 비건으로 사는 사람을 부러워하면서, 나도 그렇게 살면 좋았겠다 정도 마음만 갖고 살아간다.

아무튼, 그런 시절이 있었다. 요즘 그 시절이 문득문득 떠오른다. 그때 했던 고민들, 마음속에 품었던 질문들이 말이다.

결국엔
사람

공부 못하면 반장도 할 수 없다고요?

고등학교 3학년 봄 새 학기가 막 시작한 참이었다. 문득 이런 생각이 들었다. 그래도 대학은 나와야 하지 않나?

반장 선거

학창 시절 내내 아무 근심 걱정 없이 놀더니만 갑자기 대학에 가겠다고? 뭐 어쨌든 결심했으니 공부는 해야겠는데 도저히 혼자서 열심히 할 자신이 없었다. 그래서 생각한 게 반장이었다. 반장이 되면 보는 눈도 많아지고 책임감도 생길 테니 공부도 열심히 하지 않을까, 하는 얕은 생각. 아, 역시 난 똑똑해.

고대하던 반장 선거일이 왔다. 그것도 선거라고 심장은 왜 이리

두근거리던지. 하긴 고기도 먹어본 놈이 먹는다고, 언제 한 번이라도 반장을 해봤어야지. 감투 같은 거에 관심 없는 성격이라, 그전에도 누가 권유하면 "그딴 걸 왜 해? 피곤하게!" 하고 말았다.

드디어! 담임선생님 주관으로 선거가 시작됐다.

"반장 해볼 사람? 아니면 나는 누구를 반장으로 추천하고 싶다, 손 드세요."

담임선생님 말씀이 끝나기 무섭게 손을 번쩍 들었다.

"어 그래, 주홍이. 누구 추천하고 싶어?"

"네. 절 추천합니다. 반장 한번 해보고 싶습니다."

"…."

담임선생님은 갑자기 꿀 먹은 벙어리가 됐다. 잠깐 정적. 그러고는 다소 난처하다는 표정으로 말을 이었다.

"교칙상 성적 상위 10퍼센트 안에 들어야 반장을 할 수 있는데…. 어쩌지? 주홍이는 성적이 모자라서."

어렸다. 공부를 못하면 반장도 할 수 없다는 게 얼마나 불합리한 일인지, 그때는 몰랐다. 담임선생님이 말씀하시면 그냥 그게 정답인 줄 알았다. 지금 같았으면 그게 말이나 되느냐고 생난리를 쳤을 텐데 말이다. 나는 민망한 마음에 머리를 긁적이며 말했다.

"아 그래요? 몰랐어요. 헤헤."

그렇게, 내 원대한 계획은 허무하게 끝났다.

　내 인생에 다신 없을 줄 알았던 반장 소리를 들은 건 노가다판에 와서였다. 노가다판에 온 지 며칠이나 지났을까. 저쪽에서 누군가가 "반장니임~ 반장니임~" 하면서 뛰어오는 게 아닌가. 누굴 저렇게 애타게 찾나 싶었지만, 그게 설마 나일 거라고는 상상도 안 했다. 부르거나 말거나, 내 할 일 열심히 하는데 애타게 '반장'을 찾던 사람이 나한테 다가왔다.

　"아니, 계속 부르는데 왜 대답 안 하세요!"

　"아, 저요? 저 부르신 거였어요?"

　"아 그럼, 여기에 반장님 말고 또 누가 있어요!"

　반장이라니? 그것도 그냥 반장도 아니고 반장님이라니? 후에 알게 된 건데, 노가다판에서는 나보다 나이가 적든 많든, 내가 잘 모르는 누군가를 호칭할 때 '반장님'이라고 부른다. 우리가 사회에서 '선생님'이라고 표현하듯이 말이다. 뭐 뜻이야 어떻든 나는 괜스레 기분이 좋아져 활짝 웃으며 답했다.

　"헤헤. 저 부르신 건 줄 몰랐어요. 왜 부르셨어요?"

　"저쪽 먼저 정리 좀 해주세요."

　"네! 알겠습니다!"

　이젠 나도 제법 노가다꾼 냄새가 난다. 이제는 반장님이라는 호칭에 설레지 않는다. 하루에 열댓 번도 더 들을 만큼 일상이다. 그래서 가끔 그때가 생각난다. 그까짓 반장이 뭐 별거라고.

법보다 무서운 오야지

오야지　공사 현장에서 일꾼을 직접 감독 지시하는 우두머리 (십장). "직장의 책임자, 가게 주인" 등을 일컫는 일본어 '*おや-じ* [오야지]'에서 파생했다.

목숨 걸고 일하겠습니다

입사 면접을 볼 때나 직장 상사에게 아부할 때 사람들은 가끔 이런 표현을 쓴다.

"회사를 위해 목숨 걸고 일하겠습니다."

이 말이 노가다꾼에겐 단순한 결의나 충성 표현이 아니다. 진짜로 목숨 걸고 일하니까. 다 먹고 살자고 하는 일인데, 무슨 놈의 목

결국엔
사람

숨까지 걸어가며 일하느냐고 되물을지도 모르겠다. 물론이다. 우리도 목숨까지 걸고 싶진 않다. 근데, 상황이 우릴 그렇게 만든다.

한두 번 들어봤을 거다. 건설산업의 '불법 다단계 하도급' 구조. 이게 문제다. 건설 현장 안전사고는 모두 여기서 출발한다. 모르는 사람도 있을 테니, 하도급 구조를 먼저 설명해야겠다.

예를 들어 LH(발주처)에서 공공임대아파트 열 개 동 짓는다 치자. LH는 대형건설사(원청)에 도급(일을 통째로 맡김)을 준다. 원청은 다시 중소건설사(하청)에 하도급(도급받은 일을 다시 맡김)을 준다. 하청은 또다시 형틀, 철근, 타설, 비계 등 공정별 '오야지'에게 재하도급을 준다.

오야지? 오, 야, 지, 이? 믿기지 않겠지만, 우리나라 건설 현장엔 여전히 오야지가 존재한다. 어떤 법적 근거도 없는 오야지가 말이다. 참고로, 건설산업기본법 제3장 도급계약 및 하도급계약 제29조 건설공사의 하도급 제한 등을 보면 하청 건설사와 오야지 간의 이면계약, 이에 따른 재하도급이 모두 불법이라는 걸 알 수 있다. 바로 이 지점 때문에 우리나라 건설산업 하청 구조를 불법 다단계 하도급이라고 부른다.

이게 선진국을 자처하는 21세기 대한민국의 현실이다. 유럽처럼 원청에서 정규직으로 채용해주는 건 바라지도 않는다. 하청에서 하다못해 계약직으로라도 채용해주면 더러운 꼴 좀 덜 보면서 일할 텐데, 원청이고 하청이고 모르쇠로 일관한다. 일하고 싶으면 오야지 통해서 오라는 거다. 구조적으로 그렇다 보니, 망치질해서 먹고살려면 오야지 밑에서 일하는 수밖에 없다. 그것도 일용직으로. 실제로 우리나라 노가다꾼 대부분이 오야지 밑에서 일한다.

물론, 오야지와 함께 새로운 현장에 들어갈 때마다 하청 건설사와 형식적으로 근로계약서를 쓰긴 한다. 더 깊게 들어가면 한도 끝도 없으니까 이렇게만 얘기하련다. 우리에게 그 근로계약서는 종이 쪼가리다. 월급통장에 얼굴도 모르고 본 적도 없는 하청 건설사 대표 이름이 찍히긴 하지만, 그게 전부다. 인사권을 비롯한 모든 권한이 오야지에게 있다.

자 그러면, 법적 근거도 없는 오야지와 하청 건설사는 어떤 방식으로 계약할까. 이 계약 방식이 매우 중요하다. 이걸 알아야 불법 다단계 하도급과 안전사고를 연결해볼 수 있다.

오야지는 통상 '제곱미터당 얼마씩' 받는 거로 하청 건설사와 계약한다. 편의상 '평당 100원' 받는다고 쳐보자. 오야지가 인부를 부려 20평짜리 4세대가 한 층으로 이뤄진 20층 아파트 2개 동을 지었다. 그럼 하청 건설사는 오야지에게 32만 원[14]을 준다. 오야지는 이 돈으로 인부들 일당을 주고, 간식이랑 밥 사 먹이고, 경우에 따라 숙소도 제공해주고, 남은 돈을 가져간다. 오야지가 인부들을 들

....
14 100원×20평×4세대×20층×2개 동.

결국엔
사람

들 볶는 이유다. 최소한의 인원으로 최대한 빨리 건물을 지어야 자신이 돈을 많이 가져갈 수 있으니까.

내 안전은 내가 지킨다

그럼 오야지 밑에서 일하는 노가다꾼 입장에서 생각해보자. 나는 일용직이다. 당장 오늘이라도 오야지 눈 밖에 나면 쫓겨날 수 있는 처지다. 그냥 하는 말이 아니다. 실제로 그런 일이 비일비재하다. "야! 이 새끼야, 너 내일부터 나오지마"라는 오야지 말 한마디에 쫓겨난 사람을 셀 수 없이 많이 봤다.

물론, 위에서도 얘기했듯 우리는 법적으로 하청 건설사 소속 계약직 노동자다. 죽자고 덤비면 부당해고니 뭐니 따져가면서 하청 건설사와 싸워볼 순 있다. 어떤 용감한 노가다꾼이 그렇게 할 수 있는지는 모르겠다만, 나는 아직 그런 사람을 못 봤다.

상대적으로 법과 행정에 어두운 노가다꾼이, 당장 오늘 일해야 일당 받을 수 있는 일용직 노가다꾼이, 생계 다 팽개치고 오늘까지 함께 일했던 동료들에게 직간접적으로 피해가 갈 수도 있는 상황에서, 더군다나 지역 카르텔이 굳건한 하청 건설사를 상대로 싸운다? 동화 같은 이야기다.

이게 오야지 밑에서 일하는 노가다꾼 입장이다. 우리 목숨은 파리 목숨과 다를 바 없다. 오야지는 눈에 불 켜고 우리를 본다. 일 못하는 놈, 망치질 느린 놈, 당장 쫓아내겠다는 눈빛으로 말이다.

우리라고 왜 무거운 자재 두 개씩, 네 개씩 들고 다니고 싶을까. 누가 봐도 위험해 보이는 작업 상황에서 일하고 싶은 사람이 어디 있을까. 서두르면 다친다는 거, 왜 모르겠냐 말이다. 어쩔 수 없이 눈 질끈 감고 높은 곳에 올라간다. 먹고 살아야 하니까.

그러니까 안전관리자가 호루라기 들고 이리저리 쫓아다니면서 "뛰지 마세요", "하나씩 들으세요", "안전하게 작업하세요" 백날 잔소리해 봐야 의미 없다. 노가다꾼들에게 중대재해처벌법이 먼 나라 얘기처럼 들리는 것도 그래서다. 우리에게 법보다도 안전관리자보다도 더 무서운 건 우리가 일용직이라는 사실. 그리고 우리 인사권을 오야지가 갖는다는 점이니까.

큰 현장에서는 아침마다 원청 주관으로 안전조회를 한다. 다 같이 체조도 하고, 공정별 위험 포인트도 설명해준다. 조회 말미에는 꼭 안전구호를 삼창한다. 원청 안전관리자가 이렇게 말한다.

"오늘의 안전구호는 '추락주의 좋아'로 하겠습니다. 구호 준비!"

"얍!"

"추락주의 좋아! 추락주의 좋아! 추락주의 좋아!"

삼창 때 자주 등장하는 구호가 "내 안전은 내가 지킨다"이다. 그 구호가 등장할 때마다 나는 차마 입이 떨어지지 않는다. 왜? 나도 내 안전을 내가 지키고 싶지만, 현실적으로 그럴 수 없다는 걸 너도 알고 나도 알고 우리가 모두 아니까. 마치 각자 의지만 있으면 안전 문제가 해결될 수 있다는 듯 허무맹랑한 안전구호를 외치라고 하니 입이 떨어지지 않는다. 나는 마법사가 아닌데 자꾸 주술을 외우라고 하면 도대체 어쩌란 건지. 그래 이놈들아, 나도 내 안전만큼은 내가 지켰으면 좋겠다!

우리에겐 메딕이 없다

야리끼리 그날 정해진 할당량을 채웠을 경우 일찍 퇴근하는 것.
"완수하다"는 뜻의 일본어 やり切る[야리키루]의 명사형인 やり
切り[야리키리]에서 파생했다.

마린의 스림팩 모드

설 연휴 전날이었다. 아침에 작업반장이 이렇게 말했다.

"원래 연휴 전에는 한 시간 정도 일찍 끝내는 거 알죠? 그래서
그냥 오늘 야리끼리 하기로 소장이랑 얘기했습니다. 오전에 좀 서
둘러서 오후 2~3시쯤 끝내보자고요."

그러고는 날 따로 불렀다.

결국엔
사람

"주홍이는 오늘 이것 좀 해라. 네가 해야 끝내지, 안 그럼 오늘 우리 야리끼리 안 될 거 같다."

작업반장이 지시한 작업은 우리 팀에서 내가 가장 빨리하는 작업이었다. 그렇긴 한데, 작업량이 너무 많았다. 그도 그럴 게 그 아래층에서 두 사람이 종일 붙어 겨우 끝낸 작업이었다. 그러니까 두 품이나 들어갔던 작업을 혼자 해서 오후 2~3시까지 끝내 달라는 거니, 그게 가능할까 싶었다.

"이 많은 걸 저 혼자요? 제가 아무리 빨라도 오늘 야리끼리는 안 될 것 같은데…. 이따 봐서 다 못 끝낼 것 같으면 사람 하나 붙여주세요."

"그려. 우선 오전에 혼자 해보고, 안 될 것 같으면 오후에 사람 붙여줄게."

어쩔 수 없이 난 마린의 '스팀팩' 모드를 가동했다. 여기서 잠시 스팀팩을 설명해야겠다. 다들 스타크래프트 정도는 알 거다. 테란(인간), 저그(벌레), 프로토스(외계인) 이렇게 세 종족 가운데 한 종족을 골라 서로 전쟁하는 게임이다. 이중 테란 종족에 '마린'이라는 유닛이 있다. 총 쏘는 해병대원이다. 마린의 기술에 스팀팩이 있다. 이 기술을 쓰면 체력 10퍼센트가 깎이는 대신 이동 속도와 공격 속도가 올라간다. 한마디로 '약' 빨고 강해지는 거다.

그래서 게임 좋아하는 사람들은 자기 체력보다 많이 오버해서 일할 때, 이를테면 핫식스나 몬스터 음료 마셔가며 야근할 때 '스팀팩'이라는 단어를 관용구처럼 쓴다. 나 오늘 스팀팩 빨고 일했잖아. 죽을 뻔했어.

뭐 어쨌든, 나 또한 스팀팩 모드로 작업한 덕에 오후 1시 30분, 할당된 작업을 모두 끝냈다. 겨우 한숨 돌리며 담배 피우는 나에게 작업반장이 다가왔다.

"역시~ 주홍이! 이걸 벌써 다 끝냈네. 약속은 약속이니까 저쪽 가서 좀 쉬고 있어. 이쪽도 거의 마무리됐어."

그렇게 각자 맡은 작업을 열심히 한 덕에 우리 팀은 오후 2시, 모든 작업을 끝냈다. 평소보다 3시간이나 일찍 퇴근했다.

야리끼리는 해피엔딩일까?

얘기가 이렇게 끝나면 해피엔딩이지만, 아니올시다. 나는 지금부터 노가다판의 오랜 관행인 '야리끼리'가 없어져야 한다는 얘길 하려는 참이다.

"아니, 서둘러 일하고 일찍 끝나면 좋은 거 아닌가요? 그 맛에 야리끼리 하는 거잖아요? 그게 바로 저녁이 있는 삶이잖아요!"

노가다판에서 일하는 또 다른 누군가는 그렇게 말할지도 모르겠다. 아니다. 우린 그런 식으로 사용자에게 놀아난다. 그날 밤, 나는 결국 앓아누웠다. 나로 인해 우리 팀 전체가 늦게 끝나면 안 된다는 생각으로 스팀팩을 과하게 빨았기 때문이다. 오후 1시 반까지 담배도 거의 안 피우고 일했다. 오전 참 시간에 5분 쉰 게 전부였다. 계속 쭈그리고 앉아 허리 한 번 안 펴고 일했더니만 허벅지 근육이 단단히 뭉쳤다.

그게 뭐 별거냐고? 너 하나 아픈 거로 끝난 거 아니냐고? 아니다. 야리끼리가 그렇게 간단치 않다. 위에서는 얘기 안 했지만, 날 한껏 치켜세워준 작업반장은 곧바로 그 아래층에서 작업했던 두 사람을 호출했다.

"두 사람 여기로 잠깐 와보세요. 주홍이 작업한 거 봤죠? 지금이 1시 반인데 벌써 끝냈어요. 그것도 혼자서. 이걸 둘이 붙어서 종일 했으니, 이거 일 안 하고 놀았단 얘기 아니여? 열심히 좀 합시다."

그럼 아래층에서 두 사람은 진짜로 일 안 하고 놀았냐. 그럴 리가. 적절하게 쉬면서 그들 나름대로 최선을 다했을 거다. 작업에 따른 능력치가 조금 달랐던 거고, 결정적으로 스팀팩을 빨지 않았을 뿐이었다.

그럼 두 사람이 욕먹었으니 끝난 거 아니냐고? 그것도 아니다. 그다음 층에서 나한테 같은 작업을 맡긴다 치자. 둘 가운데 하나다. 또 스팀팩 모드로 1시 반까지 끝내고 집에 가서 앓아눕거나, 1시 반까지 못 끝내서 작업반장한테 한 소리 듣거나.

"주홍이 요즘 열심히 안 하네. 대가리 좀 컸다 그거여?"

그리고 하나 더 있다. 고백하자면, 그날 난 못 세 개 박을 거 두 개만 박았다. 내가 아무리 빨라도, 혼자서 오후 2~3시까지 끝내는 건 불가능한 작업량이었다. 방법이 없었다.

이처럼 야리끼리는 '생산량의 상향평준화＋생산품질의 하향평준화'를 가속한다. 이게 무슨 말이냐 하면, 야리끼리로 그날 내가 끝냈던 작업은 앞으로 두 품이 아니라, 한 품 또는 0.7품으로 끝내야 하는 작업이 되어버렸다. 다시 말해 사용자가 기대하는 평균값을 끌어올렸다. 악독한 작업반장이라면 아마도 다음번엔 반 품으로 끝내길 기대할 거다. 그럼 우리는? 그 시간 혹은 작업량을 맞추기 위해 못 세 개 박을 거 두 개만 박을 수밖에.

그래서 전재희 건설노조 노동안전실장은 《매일노동뉴스》에 기고한 칼럼 〈현대산업개발 광주 붕괴사고가 남긴 것〉에서 야리끼리를 "죽음의 속도전"이라고 표현했다. 그러면서 야리끼리로 일하는 건설노동자의 노동 강도가 "사무직 노동자보다 5.85배, 완성차 제조업 노동자보다 2.71배 많은 에너지를 사용하는 수치"라고 말한다.

무려 5.85배다. 매일같이 스팀팩 모드로 일해야 한단 얘기다. 그렇게 일하다가 결국 몇 년 뒤에 스스로 지쳐 나가떨어지거나, 사용자가 기대하는 생산량을 못 맞춰 낡은 부속품처럼 버려진다. 왜? 우리는 언제든 교체될 수 있는 일용직 노동자니까.

이게 현실이다. 두 품에 끝내던 걸 한 품으로, 한 품에서 다시 반 품으로, 그 시간을 맞추기 위해 못 열 개 박던 걸 일곱 개로, 다시 다섯 개로, 그러다 낡으면 버리고, 새로운 부속품으로 갈아 끼워가

며 스노우볼을 굴려왔다. 이게 노가다판에 관행처럼 굳어온 야리
끼리의 민낯이다. 광주에서 아파트가 무너진 이유 가운데 하나다.

　마지막으로 스타크래프트 얘기를 조금만 더 해야겠다. 마린 옆
엔 '메딕'이라는 의무병이 항상 따라다닌다. 마린이 스팀팩을 쓰면
(그래서 체력 10퍼센트 깎이면) 메딕이 바로 달려와 마린을 치료해준다.
마린이 마음 놓고 스팀팩을 쓸 수 있는 이유다. 다만, 우리에겐 메
딕이 없다.

그저 운이 좋았을 뿐

토요일이었다. 일이 좀 일찍 끝났다. 오후 2시 30분쯤 현장에서 나왔다. 차에 막 올라타려던 참이었다.

불행은 멀리 있지 않다

꽈지직! 쾅쾅! 우르르콰콰쾅!

현장 담장 너머에서 고막을 찢을 듯한 굉음이 울려 퍼졌다. 그 순간 직감했다. 대형 사고가 터졌음을.

4월 9일 오후 2시 40분, 내가 일하는 현장에서 붕괴 사고가 발생했다. 콘크리트를 타설하던 중 무게를 견디지 못한 '데크플레이트'[15]가 무너졌다. 이 사고로 타설공 네 명이 4미터 아래로 추락했다. 한 명이 중상, 세 명이 경상을 입었다. 참고로, 고용노동부에 따르면 2014년부터 2019년 5월까지 데크플레이트 관련 사고 사망자는 20명이다. 2022년 1월 무너진 광주 아파트 붕괴 사고 원인 가운데 하나도 "데크플레이트 방식으로 공법을 변경하면서 사전 구조 검토가 이뤄지지 않았기 때문"이라고 경찰에서 중간수사 결과를 발표했다.

딱 10분 차이였다. 사고가 터진 101동이 아니라, 내가 망치질하는 104동이었을 수도 있었고, 오가며 눈인사 나누던 타설 아저씨들이 아니라 나에게 벌어졌을지도 모를 일이었다. 다행히 우리 현장에선 사망자가 없었지만, 설령 사망자가 나왔다 해도 이상할 거전혀 없는 붕괴 사고였다.

이런저런 걸 생각하다 보니 등골이 서늘해졌다. 불행이 타설 아저씨들을 덮친 게 아니라, 행운이 몇 곱절 더해져 내가 살았구나 싶었다. 난 단지 운이 좋았다. 그동안 여러 인터뷰에서, 내 글 여기저기서 줄곧 건설 현장 안전 문제를 지적해왔다. 그러면서도 내가 일하다 죽을 수도 있다는 생각을 단 한 번도 안 했다. '남 일'이라고 생각했다. 그날 비로소 체감했다. 언제든 나도 망치질하다 죽을 수 있다는 걸. 이번엔 그저 운이 좋았을 뿐이라는 걸.

....
15 철근 일체형 거푸집 바닥판.

하긴, 사망사고를 접해보지 않았을 뿐 자잘한 안전사고는 많이 봤고 또 직접 겪기도 했다. 나만 해도 목수 일을 시작한 뒤로 손가락이 한 번 부러졌고, 구멍에 다리가 빠져 엉덩이와 허벅지를 크게 다쳤다. 그렇게 두 번이나 '공상' 처리했다. 같이 일하는 형님들과 동생들도 다들 그랬다. 다리가 부러지고 발목 인대가 끊어지고 무릎 십자인대가 파열되고 어깨가 탈골되어서 병원에 한두 달, 많게는 6개월까지 입원했다. 회비를 모으고 찬조금을 걷어 병문안 간 게 한두 번이 아니다.

어딘가에 긁히거나 넘어져서 붓거나 부딪혀서 찢어지고, 피가 나고 멍이 들고 인대가 늘어나고, 한동안 절뚝거리고 오른손잡이인 사람이 왼손으로 망치질하고 진통제를 먹고 연고를 바르고 파스를 붙이는 일은 셀 수 없을 정도로 흔하디흔하게 봤다.

돌이켜보니 그렇게 보고 듣고 겪은 모든 안전사고가 불행해서 벌어진 게 아니라, 단지 운이 좋아서 그 정도로 그친 거였다. 손가락 잘릴 뻔했던 게 부러지는 정도로 끝났고, 구멍에 아예 빠져 아래층으로 추락할 뻔했던 게 한쪽 다리만 빠져 자빠지는 정도에 그쳤던 거니까, 운이 억세게 좋았다고 할 수밖에.

살아서 퇴근하고 싶다

우리나라 건설 현장 안전 수준이 딱 이 정도다. 살아서 퇴근하는 걸 감사해야 할 정도로, 단지 운이 좋아서 여태 안 죽고 망치질

한다고 말할 수밖에 없을 정도로 많은 사람이 죽어 나간다. 불편한 진실이지만, 오늘도 "여보 다녀올게" 하고 나갔던 노가다꾼 가운데 한 명 이상이 끝내 집으로 돌아가지 못했을 거다. 재수 없는 소리 하지 말라고? 아니다. 통계자료가 그렇게 말한다.

지난 10년(2012~2021) 동안 건설 현장에서 몇 명이나 죽었을까. 100명? 1000명? 한국산업안전보건공단에서 발표한 자료에 따르면 무려 4641명이 죽었다. 1년 평균 464.1명이다. 하루에 1.27명꼴이다. 하루도 거르지 않고 매일매일 현장에서 사람이 죽어 나간단 얘기다.

그렇게나 많이 죽었다는 것도 믿을 수 없지만, 실제 사망자는 더 많을 거라는 게 이 바닥 이야기다. 자료에서 밝힌 조사 대상은 "산업재해보상보험법 적용사업체에서 발생한 산업재해 중 산업재해보상보험법에 의한 업무상 사고 및 질병으로 승인을 받은 사망 또는 4일 이상 요양을 요하는 재해"다. 한마디로 산재 처리한 사망자 통계만 4641명이란 소리다.

위에서 내 사례를 살짝 언급했듯, 현장에서는 여전히 '산재'보단 '공상' 처리를 강요한다. 공상 처리란 아주 쉽게 말해, 기록에 남기지 않는 조건으로 하청업체가 해당 노동자에게 얼마간 돈을 주고 끝내는 거다. 규모가 작은 현장일수록 공상 처리 강요는 더 심하다. 사고 대상자가 외국인이면 말할 것도 없다. 그런 기타 등등의 상황을 고려했을 때 실제 사망자는 통계 수치를 훨씬 뛰어넘을 거라는 거다.

최근, 현장 관계자에게 들은 얘기다(사실이 아닐 수 있다). 우리나라엔 본인 혈액형을 적어서 다니는 직업군이 딱 두 개 있단다. 하나가 군인, 다른 하나가 노가다꾼이란다. 처음 건설 일을 시작했을 때 안전관리자가 내 이름과 혈액형, 전화번호를 묻더니 내 안전모에 적어줬다. 당시엔 대수롭지 않게 여겼는데, 생각해보니 과연 그랬다. 전쟁터에서 총칼 들고 싸워야 하는 군인만큼이나 언제 피 흘리며 쓰러질지 모르는 직업. 그렇게 되었을 때 급히 수혈해야 하니까 안전모에 A형인지 B형인지 그것도 아니면 O형인지를 적고 다녀야만 하는 직업. 그게 노가다꾼이었다.

오늘도, 무사히, 살아서 퇴근하고 싶다.

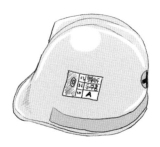

결국엔
사람

슈퍼마켓 빵 누가 먹느냐고요?

사무실에서 일하는 친구들은 내가 들려주는 '노가다 썰'을 재밌어 한다. 경험해보지 못한 세계에 대한 호기심인 거 같다.

참은 먹어서 맛이 아니다

얼마 전에도 친구를 만나 열심히 '썰'을 풀어줬다. 그날 주제는 '참'이었다. 친구는 내 얘길 듣고 놀랍다는 듯 이렇게 반응했다.

"하루에 두 번씩 꼬박꼬박 간식 준다고? 우와~ 부럽다. 회사엔 왜 그런 게 없지?"

"부럽냐? 그렇게 부러우면 너도 회사 때려치우고 노가다꾼 하던가! 푸하하하."

그러고 보니 그랬다. 나도 회사에 5년이나 다녔지만 공식적인 간식 타임이 없었다. 회사 대표나 간부, 선배가 이따금 과자 사주는 정도? 물론, 대기업 같은 데 가면 탕비실도 따로 있고, 간식도 산더미처럼 쌓여 있다고는 하더라. 좋겠다. 흥!

친구는 신기하고 부럽다는 눈빛으로 계속 물었다.

"근데, 왜 간식이라고 안 하고 참이라고 해?"

"그걸 내가 어떻게 알아! 내가 무슨 노가다 박사냐?"

그래서 찾아봤다. 사전에서는 '참'을 "아침과 점심 또는 점심과 저녁 사이의 끼니때"라고 정의한다. 그러니까 정확히 말하자면 참은 '음식'이 아닌 '시간' 개념이다. 근데 노가다판에서는 주로 '참=간식' 개념으로 쓴다. 이를테면 "야! 참 시간 안 됐냐? 참 먹자!" 이런 식으로 말이다.

"왜 화를 내냐! 그건 그렇고 참 시간에는 뭐 먹어? 빵이랑 우유 같은 거 주는 거야?"

"큰 현장에서는 보통 초코파이나 카스타드, 오예스 같은 거 하나랑 작은 캔 음료 하나씩 줘. 모텔 냉장고에 있는 작은 캔 음료 알지? 180밀리리터짜리. 모른다고 하지 마라!"

작은 현장은 또 좀 다르다. 동네 슈퍼에 가면 계산대 옆에 꼭 매대가 있다. 그 매대에 보면 주로 '삼립'에서 만드는 '보름달', '크림빵' 같은 게 있다. 내 방식대로 표현하자면 '슈퍼 빵'이다. 예전에는 늘 궁금했다. 이렇게 맛대가리 없는 빵을 도대체 누가 사 먹지? 정

말 그랬다. 파리바게뜨나 뚜레쥬르 빵과는 비교도 할 수 없는 뻑뻑함과 부실한 내용물에 늘 놀라곤 했다. 그 맛대가리 없는 '슈퍼 빵'을 누가 먹느냐고? 그렇다. 우리가 먹는다. 작은 현장에서는 '슈퍼빵'과 음료를 하나씩 준다.

그러니까, 뭐 대단한 걸 먹는 건 아니다. 실제로도 노가다꾼에게 참은 먹어서 맛이 아니다. 공식적으로 쉬는 시간인 만큼 누구 눈치 안 보고 맘 편히 앉아서 쉴 수 있다는 것. 거기에 의미가 있다.

참값 아껴서 퍽이나 부자 되겠다!

"참은 어디서 먹어? 식당에 가서 먹는 거야?"

"식당까지 왔다 갔다 할 시간이 있겠냐? 참 때마다 막내가 사무실 가서 가져와. 가져오면 그냥 현장 아무 데서나 철퍼덕 앉아서 대충 먹는 겨. 그래, 너도 언젠가 노가다할 수도 있으니 이건 꼭 알아둬라. 참 배달은 무조건 그 팀 막내가 하는 거다. 이건 노가다 국룰이여!

말 나온 김에 참 배달 요령도 몇 가지 알려줄게. 하하하. 일하다 보면 정신없어서 시간 가는 줄 모른단 말이지. 오전 8시 45분, 오후 2시 45분에 알람을 맞춰놓는 거야. 그때 참 가지러 갔다 오면 딱 맞아. 간혹, 참 시간에 예민한 사람이 있거든. 제때 안 가져오면 네가 상상하는 것 이상의 쌍욕을 먹을 수도 있다!

그리고 형님들 음료 성향도 파악해놓으면 좋아. 너도 소싯적 많이 마셔본 그 '모텔 캔 음료'는 카테고리가 크게 세 가지야. 커피, 탄산, 그 외. 어떤 사람은 꼭 커피 마시고, 어떤 사람은 꼭 탄산만 찾거든. 그런 성향 파악해서 먼저 다가가는 거지. 형님은 커피 드시죠? 여기 있어요. 아~! 형님 거 사이다는 따로 챙겨놨어요. 이런 식으로. 엄청나게 좋아할 거다. 푸하하하."

친구는 내 말을 듣더니 인상을 잔뜩 찌푸렸다. 굳이 그렇게까지 해야 하냐는 거다. 뭔 놈의 알람을 맞추고, 무슨 음료 성향까지 파악하느냐고.

"그게 뭐 어렵냐? 몇 번 배달하다 보면 자연스럽게 파악되는 건데? 그리고 그런 거에 자존심 상해하거나 크게 의미 둘 필요도 없어. 말 그대로 요령인 거야. 어차피 해야 하는 일, 조금만 신경 써서 하는 거지. 그러면 형님들한테 귀염받고 금방 친해질 수 있다고. 그게 결국 나한테 돌아온다니까? 결과적으로 내 몸과 마음이 편해지는 거야."

결국엔
사람

"하긴, 듣고 보니 그러네. 그러면 간식은 누가 사주는 거야? 돈 모아서 사 먹는 거야?"

"내 돈 주고 사 먹을 리가 있냐! 아무리 노가다판이라도 그건 아니지. 큰 현장은 회사에서 사주는 거고, 작은 현장은 오야지가 사주는 거. 근데, 이걸 가지고 또 치사하게 구는 회사가 있다니까. 이번 주 참값이 너무 많이 나왔다는 둥, 1인당 빵 하나에 음료 하나 준수해달라는 둥, 얼마나 잔소리한다고. 어이없지 않냐? 초코파이가 빵이냐? 모텔 캔 음료가 음료야? 멸치 구워주면서 생선구이라고 할 사람들이라니까, 진짜!"

생각난 김에 찾아봤다. '모텔 캔 음료'. 비싼 게 개당 약 350원이다. 싼 거는 200원밖에 안 한다. 도매로 사면 아마 더 저렴할 거다. 초코파이? 도매로 사면 개당 200원도 안 된다. 그러니까, 초코파이 한 개+음료 한 캔 가격 겨우 500원 안팎이다.

회사 말마따나 1인당 하나씩 준수하면 하루(오전 한 번, 오후 한 번)에 1000원이다. 한 팀에 15명이라 치고, 25일 출근한다고 계산하면 한 달 참값이라고 해봐야 한 팀당 37만 5000원이다. 넉넉하게 잡아도 50만 원은 안 넘는다.

적게는 수억 원, 많으면 수백 수천억 원 왔다 갔다 하는 게 건설 현장이다. 참값 아껴서 퍽이나 부자 되겠다! 내가 이 말을 지난 현장 소장한테 해줬어야 하는데 말이다. 참 가지고 어찌나 인부들을 들들 볶고 쩨쩨하게 굴던지.

어릴 때 우리 집이 가난했다. 먹을 게 귀했다. 초등학교 3학년 때 햄버거라는 걸 처음 먹어봤을 정도다. 지금도 그날 기억이 또렷하다. 생일이었다. 엄마가 롯데리아에서 새우버거를 사줬다. 오. 마. 이. 갓! 세상에 이렇게 맛있는 음식이 존재한다고? 그래서 지금도 내 '쏘울푸드'는 롯데리아 새우버거다. 우울하고 힘들 때 한 번씩 먹는다. 아무튼, 그 시절에 형과 간식 때문에 가끔 싸웠다. 그때마다 엄마가 늘 강조했던 말이 있다.

"이놈들아! 이 세상에서 제일 못난 놈이 먹을 거 가지고 치사하게 구는 놈이다. 나중에 커서도 마찬가지다. 먹을 거 가지고 옹색하게 구는 건 못난 어른이나 하는 짓이다. 그런 어른이 되지 않았으면 좋겠다."

결국엔
사람

최고의 구경거리

군대 훈련소 얘길 해보려는 참이다.

성인 남자 주먹다짐을 실제로 볼 일이 얼마나 있을까

난 공익이었다. 시력이 안 좋아 신체검사에서 4등급 받았다. 공익도 어쨌든 군인인지라 훈련소에서 4주간 훈련을 받는다. 이 공익 훈련소가 정말 버라이어티하다. 요즘은 신체검사 기준이 어떤지 모르겠는데 당시 공익 훈련소엔 크게 세 부류가 있었다.

첫 번째 부류는 전과가 있거나 학력이 미달이거나 몸에 문신이 있는 사람. 벌써 10년도 더 지난 일이다. '타투'를 새긴 요즘 사람과 몸에 '문신'이 있는 그 시절 사람은, 단어에서도 느껴지듯 다른 부류다. 그런 맥락에서 당시엔 전과와 학력 미달과 문신이 따로 놀지 않았다. 우리가 흔히 말하는 '깍두기'가 주로 이 부류였다. 오직 힘으로 계급을 정하는 공익 훈련소에선 이들이 '왕'이었다.

다음으로는 심하게 말랐거나 과하게 뚱뚱하거나 평발이거나 허리디스크가 있거나 나처럼 시력이 안 좋은 사람. 여하튼 몸 어딘가에 문제가 있는 사람. 이들이 '평민'이었다.

마지막으로 마음에 상처가 있는 사람. 이들은 자기 세계가 뚜렷하고 개성이 강하다. 굳이 계급으로 분류하자면 제정일치 국가의 '제사장' 같은 존재다. '왕'처럼 물리적인 힘은 없지만, 설명할 수 없는 에너지가 분명 있다. 왕도 그걸 알기 때문에 평민은 괴롭혀도 제사장은 건들지 않았다.

당시 공익 훈련소는 그렇게 생태계를 이뤘다. 여기에 한 가지 문제가 있었다. 왕이 너무 많다는 것. 흡사 춘추전국시대 같았다. 그러다 보니 하루가 멀다고 권력다툼이 벌어졌다. 사소한 말다툼은 말할 것도 없고 주먹다짐도 제법 빈번했다. 4주간 내가 직접 목격한 주먹다짐만 세 번이다. 그중 한 번은 지금도 잊히지 않는다.

식당에서 시비가 붙었다. 나중에 들은 얘긴데, 두 사람 모두 자기가 사는 지역에서 난다긴다하는 '깍두기'였다. 서로를 가볍게 밀치며 기 싸움을 벌이던 찰나, 조교가 떴다. 아쉽지만(?) 그렇게 마무리되는 듯했다.

5분 정도 지났나, 그중 한 사람이 아무리 생각해도 분이 안 풀렸던 모양이다. 포크를 거꾸로 말아쥐고는 식탁 위로 올라서더니 상대를 향해 뛰어갔다. 그러고는 포크로 사정없이 상대를 내리찍었다. 전의를 상실한 상대는 양팔로 얼굴을 감싼 채 잔뜩 웅크렸다. 포크가 날카롭진 않아도 흉기는 흉기였다. 미쳐 날뛰는 '포크남'을 조교들도 선뜻 말리지 못했다.

포크남은 그래도 분이 안 풀렸던지 웅크리고 앉아 있는 상대 의자를 발로 걷어찼다. '우당탕' 하는 소리와 함께 상대가 바닥에 널브러졌다. 포크남이 상대 위에 올라타 다시 포크질을 시작하려던 그때! 조교들이 뒤에서 덮쳤다. 후일담으로 얘기하자면, 끔찍하고 잔인했던 분위기가 무색하게 상대는 아주 가벼운 상처만 입었다. 포크가 뭉뚝하긴 어지간히 뭉뚝했나 보다.

그 광경 지켜보며 문득 이런 생각이 들었다. 살면서 성인 남자들의 주먹다짐을 실제로 볼 일이 얼마나 있을까, 어쩌면 내 인생 마지막 '기회'일지도 모르겠구나, 그러니 실컷 구경해둬야겠구나, 싶었다. 어쨌거나 싸움 구경은 남녀노소 동서고금을 막론하고 만국 공통으로 최고 구경거리니까.

그 뒤로는 성인 남자들의 주먹다짐을 볼 일이 없을 줄 알았다. 적어도 이렇게 빈번하게 볼 거라고는 상상도 못 했다. 그렇다. 아끼고 아껴두었던 에피소드, 노가다판 싸움 이야기다.

노가다판에 온 지 한 달이나 지났을까. 현장 모든 인부가 모여 안전교육을 받았다. 앞에 앉은 두 사람이 조금 떠든 모양이었다. 뒤에 앉아 있던 시스템비계 오야지가 큰소리로 이렇게 말했다.

"거, ×벌, ×나게 시끄럽네. 조용히 좀 합시다."

그냥 조용히 해달라고 했으면 문제없었을 걸, 굳이 욕을 섞는 바람에 사달이 났다. 앞에서 신나게 떠들던 사람(설비팀 반장)이 뒤를 돌아보며 일어섰다. 누가 봐도 시스템비계 오야지보다 나이가 많아 보였다.

"뭐? ×발? 나이도 어린 새끼가 싸가지 없이. 너 몇 살이나 처먹었어?"

그러고는 말릴 틈도 없이 옆에 있던 안전모를 집어 들어 시스템비계 오야지 얼굴을 후려쳤다. '빠각' 하는 소리가 안전교육장에 울려 퍼졌다. 다행히 안전모가 플라스틱 재질이라 큰 충격은 없어 보였다. 다만 문제는 그게 아니었다. 둘 사이에 무슨 사연이 있는지 모르겠으나, 시스템비계 오야지는 애초부터 시비를 걸 작정이었던 거 같다. 그랬는데 되레 '선빵' 맞은 꼴이었다.

여기서 잠시 하나 짚고 넘어가자면 노가다판에서는 호구 잡히면 끝이다. 특히나 반장급 이상이 호구 잡혀버리면 팀 전체가 호구 취급을 당할 수 있다. 현장 초반에 싸움이 잦은 것도 그래서다. 서로 호구 안 잡히려고 기 싸움을 한다.

호구 한번 잡아보려다가 되레 호구 잡히게 생긴 시스템비계 오야지. 그것도 모든 인부가 지켜보는 앞에서 한마디로 '개쪽' 당했으니 가만있을 수 없었다. 벌떡 일어나더니 앉아 있던 의자를 빼 들어 설비팀 반장에게 냅다 던졌다.

와당탕탕.

개싸움 신호탄이었다. 그때부터 두 사람은 서로 엉켜 주먹 휘두르고 발길질을 해댔다. 주변 사람들이 뜯어말린 덕에 사건은 일단락됐지만, 난 어안이 벙벙했다. 성인 남자들의 주먹다짐을 다시 보게 될 줄 몰랐다. 더군다나 혈기왕성한 20대들도 아닌 '하늘의 명을 깨닫는 나이'라고 하는 지천명知天命 50대들의 싸움이라니. 여기가 정글이구나, 이래서 노가다 노가다 하는구나, 싶었다.

그런데 그건 서막에 불과했다. 노가다판에 뛰어든 지난 5년 동안 무수히 많은 주먹다짐을 목격했다. 심지어는 '집단 난투극'의 당사자가 되기도 했다.

노가다판 배틀로얄

사람마다 성격과 성향이 다르고, 어떤 일이든 그에 따른 상황과 맥락이라는 게 있다. 그러니 노가다판에서 벌어지는 수많은 주먹다짐도 한 가지 원인으로만 퉁칠 순 없다. 그런데도 이상하더란 말이다. 생각해보라. 40~50대 어른이 직장에서 일하다 말고 갑자기 주먹을 휘두른다? 나도 회사 생활을 5년이나 했지만, 그런 건 한 번도 못 봤고 들어본 적도 없었다.

빨리빨리와 헐레벌떡

노가다판에선 주먹다짐이 제법 빈번했다. 나는 보통 회사와는 다른 노가다판만의 특수한 이유가 있다고 본다. 저마다의 성향과 맥락을 초월해버리는 어떤 까닭 말이다. 그렇지 않고서는 납득이 안 되니까. 같은 현장에서 함께 땀 흘리는 동료에게, 회사로 비유하자면 다른 부서 사람에게 쌍욕을 해대고 멱살을 잡고 끝내 주먹을 휘두르는, 그리하여 '괴물'이 되어버린 우리의 자화상을. 도대체 무엇이 우리를 그렇게 만들었을까.

첫 번째가 '빨리빨리'다. 다들 아는 것처럼 대한민국 아파트는 눈 깜짝할 사이에 올라간다. 원룸 건물? 한 달이면 끝이다. 그만큼 어느 현장이든 공사 일정이 매우 빡빡하다. 앞서 얘기했듯, 대한민국 건설 산업이 '불법 다단계 하도급' 구조로 돌아가기 때문이다. 이런 구조에서 오야지는 최소 인원으로 최대한 빨리 건물을 지어야 더 많은 돈을 가져갈 수 있다. 그러니 인부들을 사정없이 몰아붙일 수밖에 없다.

인부들은 일용직 노동자이기 때문에 무리하더라도 공사 일정을 소화해야 한다. 소화 못 하면? 쫓겨날 수 있다. 농담 아니다. 당장 오늘이라도 오야지가 짐 싸라고 하면 짐 싸야 하는 게 우리 운명이다. 그러니 우리는 고용 불안에 시달리면서, 혹은 생계를 위협받으면서 빨리빨리 망치를 두드린다.

두 번째는 '헐레벌떡'이다. 다른 글에서도 누차 얘기했듯, 노가다판에서는 매일 두 명꼴로 죽어 나간다. 그만큼 작업 환경이 매우 위험하다. 하던 일이라고 긴장 풀고 멍 때리다 보면 여지없이 사고가 터진다. 손가락 하나 잘리는 거? 순간이다. 그래서 사실은 더욱

차분하고 신중하게 작업해야 한다. 근데 상황이 그렇질 못하다 보니 매 순간 신체의 위협을 느끼면서도, 좀 과장하자면 생명의 위협을 느끼면서도 헐레벌떡 일한다.

정리하자면 나는 '빨리빨리'와 '헐레벌떡'이 일상적으로 노가다꾼들의 심리를 압박한다고 본다. 누구나 불안하고 두렵고 위험하다고 느끼면 방어기제를 발동하는 건 인지상정. 그 방어기제가 폭력으로 드러내는 게 아닐까 싶다.

타워 크레인을 사수하라

딱딱한 얘긴 이쯤 해두고, 다시 싸움판으로 가보자. 노가다꾼들이 가장 많이 싸우는 이유는? 큰 현장을 기준으로 말하자면 타워크레인을 차지하기 위해서다. 아파트 현장 같은 큰 현장에는 타워크레인이 필수 장비다. 그 넓은 현장에서 무거운 자재를 일일이 날라서는 작업을 할 수 없기 때문이다. 문제는 타워크레인 이용이 제한적이라는 데 있다.

아파트 현장에서는 보통 타워크레인 한 대가 두 개 동을 커버한다. 이 말은, 철근팀·형틀목수 두 개 팀·시스템비계팀·정리팀·직영팀 등 적어도 여섯 팀 이상이 매일매일 타워크레인 한 대를 놓고 다툰다는 뜻이다. 그까짓 거, 다른 팀에 타워크레인을 한번 양보해주는 게 뭐 대수냐고? 이게 간단치 않다. 다른 팀에 타워크레인을 뺏기면 자재를 제때 수급할 수 없다. 그러면 인부들이 손을 놓거나 무거운 자재를 일일이 날라야 한다. 이러나저러나 안 될 말이다.

그래서 각 팀 신호수[16] 사이에 날마다 전쟁이 벌어진다. 특히 타워크레인이 절대적으로 필요한 철근팀과 형틀목수팀이 벌이는 싸움은 살벌하다. 말하자면 이런 식이다.

싸움은 무전기로 시작한다. 이때 타워크레인 기사는 중립이다. 보통 싸움이 끝난 뒤 양 팀이 합의한 결과에 따른다.

(치이익 치이익) "철근 반장님. 타워 몇 번 써야 합니까?"

"오늘 계속 써야 합니다."

"그럼 그거 한 번만 쓰고, 저희 자재 몇 번만 뜨겠습니다."

"계속 써야 한다고요."

"저희도 자재 없으면 일이 안 되니까, 몇 번만 먼저 뜨고 돌려드린다고요. 타워 기사님, 철근 한 번 뜨고 이쪽에서 유로폼 몇 번만 뜨겠습니다."

"아니요, 타워 기사님 철근 계속 뜨겠습

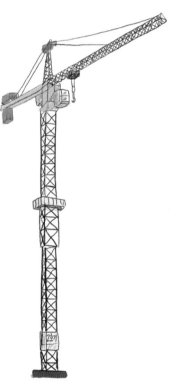

....
16 무전기로 타워크레인 기사와 소통해 자재를 운반해주는 사람.

니다."

"아 거참! 우리 몇 번만 쓰고 돌려준다니까!"

"우리가 계속 써야 한다니까! 근데 이 새끼가 보자 보자 하니까 왜 말이 짧아? 너 몇 살이야? 너 거기 딱 기다리고 있어. 내가 지금 거기로 갈 테니까!"

"나이 많아서 좋겠습니다! 와보십쇼. 하나도 안 무서우니까!"

그렇게 무전기로 티키타카를 하던 철근팀 신호수와 형틀목수팀 신호수가 만나게 되는데….

노가다 벤치클리어링

타워크레인과 관련해 잊을 수 없는 사건이 있다. 앞서 떡밥으로 던진 '집단 난투극' 얘기다. 3년 전이었다. 안 그래도 철근팀과 내가 속한 형틀목수팀 사이에 스파크가 몇 번 튄 참이었다. 그날은 아침부터 타워를 내가 쓰니 네가 쓰니 해가며, 철근팀과 우리 팀 사이에 설전이 오갔다. 결국, 철근팀이 오전에 쓰고, 우리 팀이 오후에 쓰기로 했다.

싸움이 시작된 건 점심 직후였다. 철근팀에서 자재를 더 떠야 한다며 타워를 못 주겠다는 거였다.

"이건 약속과 다르잖아!"

우리 오야지가 단단히 뿔났다. 오야지는 철근팀 작업장으로 가더니만 철근 자재 위에 누워버렸다.

"×발, 철근 뜰 수 있으면 떠봐 한번! 나 이렇게 누워서 꼼짝도 안 할 거니까. 사내 새끼들이 약속했으면 지켜야지. 양아치도 아니고!"

"뭐 양아치? 에라이 ×발, 뭣들 보고 있냐! 가서 저 새끼 끌어내!"

철근 오야지 말 한마디에 철근공들이 우르르 몰려오기 시작했다. 우리 오야지가 짐짝처럼 내팽개쳐질 위기였다. 우리도 지켜만 볼 순 없었다. 우르르 몰려갔다. 우리 오야지를 끌어내려는 철근공들과 버티려는 목수들 사이에 벤치클리어링이 벌어졌다.

다행인지 불행인지 진짜로 주먹이 오가진 않았다. 서로를 밀고 밀치는 몸싸움 와중에 거친 욕설이 오갔을 뿐. 그 과정에서 철근공 한 사람이 무언가에 걸려 넘어졌다.

"아이고 나 죽네! 목수 새끼들이 사람 죽이네! 야 경찰 불러라! 목수가 아니라 깡패들이다!"

그렇게 한바탕 소동이 이어졌다. 결과적으로 넘어진 철근공을 포함해 다친 사람은 아무도 없었다.

이 밖에도 노가다판 주먹다짐은 주로 '외부의 어떤 요인이 내 작업을 방해할 때' 벌어진다. 형틀목수 A팀과 B팀 사이에 자재 하나를 서로 차지하기 위해 싸우기도 한다. 또 한 작업장에서 철근, 형틀, 전기, 설비, 시스템비계 등 여러 공정 팀이 함께 작업하다가 싸움이 벌어지기도 한다. 어쨌거나 '빨리빨리'와 '헐레벌떡' 그 사이에서 벌어지는 일들이다.

〈배틀로얄〉이라는 영화가 있다. 내용을 아주 간략하게 요약하자면 이렇다. 모종의 이유로 중학교 3학년생 42명이 무인도에 갇혔다. 모든 학생의 목에 특수 목걸이가 장착돼 있다. 억지로 목걸이를 빼려고 하거나 정해진 규칙을 어기면 목걸이가 폭파한다. 규칙은 간단하다. 42명이 서로 살인 게임을 벌이는 거다. 게임은 마지막 한 명이 남을 때까지 계속한다. 반칙은 없다. 제한 시간은 사흘. 처음엔 친구를 어떻게 죽이느냐며 울고불고하던 학생들이 결국 살아남기 위해 서로를 죽이기 시작한다.

철근팀과 우리 팀 도합 30~40명의 어른이 한데 뒤엉켜 서로 멱살을 쥐고 흔들던 그날, 나는 〈배틀로얄〉을 떠올렸다. 극한으로 설정된 상황에서 결국 친구에게 총을 겨눌 수밖에 없는 아이들의 모습을 말이다.

정작 우리가 싸워야 할 상대는 현장에서 함께 땀 흘리는 동료가 아니라, 우리를 조종하는 게임 밖 누군가일 거다. 우리는 어쩌다 이 지경이 되어버린 걸까. 그게 비극적이다.

행복하다고 말할 수 있는 것만으로도

민우를 만난 건 1년 전쯤이다. 어느 날 민우가 우리 팀에 왔다. 작업반장이 나에게 민우를 소개해줬다.

그때 그 뒷골목 너도 기억하는구나!
"야~! 니네 둘이 동갑이니까 앞으로 친하게 지내라."

차라리 형이나 동생이면 편하련만 사회에서 만난 동갑은 괜히 불편하다. 민우 씨 해가며 존대하면 닭살 돋고, 그렇다고 섣불리 말 놓기도 어렵다. 동갑이라고 다 친구가 될 수 있는 건 아니니까.

민우와 난 서먹서먹하게 인사를 주고받았다. 어디 사냐고 물었다. 민우는 어디 산다고 했다. 내가 고등학교 다닌 동네였다. 혹시 어디 고등학교 나왔냐고 물었다. 대박. 민우와 난 고등학교 동창이었다.

"아, 그래? 민우 너도 거기 졸업했구나. 아휴, 그럼 그냥 친구 하면 되겠네. 근데 어떻게 고등학교를 3년이나 같이 다녔는데 서로를 몰랐지? 하하하."

"아~ 내가 고등학교 내내 운동부였거든. 수업 안 들어가고 맨날 체육관에만 있었어. 그래서 그럴 거야. 헤헤."

"아무리 그래도 그렇지. 내가 널 모를 순 있지만, 민우 니가 날 모른다는 건 이해가 안 되네? 우리 학교에서 날 모르는 애가 있었다고? 푸하하하."

알고 보니 민우와 난 친구의 친구 사이였다. 고등학교 때 어울렸던 친구들이 제법 겹쳤다. 다녔던 피시방, 당구장, 분식집, 심지어 몰래 담배 피우던 학교 앞 주택 뒷골목까지 활동 반경도 얼추 비슷했다. 작정하고 피해 다니지 않고서야 모를 수 없는 관계였다. 그런 서로를 졸업한 지 15년 만에 알게 됐다니! 신기했다.

민우는 우리 사이를 이렇게 정리했다. "아마 학교 다닐 때 수없이 서로를 봤을 거야. 대화해본 적이 없어서 기억 못 하는 거겠지. 아니지, 아니지. 어쩌면 그때 그 뒷골목에서 같이 담배 피우면서 얘기 나눠본 적이 있을지도 모르겠다. 헤헤. 신기해, 신기해. 지금이라도 알게 됐으니까 친하게 지내자!"

서른다섯 먹은 남자가 친구를 만나면 어떻게 인사할까. 보통은 "어, 왔냐?"라거나, "밥 먹었냐?" 정도다. 그게 내가 아는 서른다섯 한국 남자 평균치다. 민우는 안 그런다. 양팔을 어깨높이로 올리고, 양 손바닥을 쫙 펼친 뒤 세차게 흔든다.

"주흥아 왔엉? 안녕~."

언제나 그렇게 인사한다. 그것도 아주 다정한 목소리로. 민우라는 사람을 생각할 때 제일 먼저 떠오르는 모습이다. 그렇듯 민우는 다정다감하고 친절하다. 거칠고 험한 노가다판에 드문 사람이다. 지치고 힘들어도 인상 한번 안 쓴다. 처음 우리 팀에 온 날부터 지금까지 줄곧 그랬다.

민우는 목수 일이 처음이었다. 그러다 보니 이래저래 욕먹을 일이 많았다. 가끔은 옆에서 지켜보는 게 안쓰러울 정도로 처절히 혼났다. 저 정도로 혼나면 홧김에라도 한번 대거리하거나 때려치울 법한데 민우는 안 그랬다. 하루도 안 빠지고 성실하게 나왔다. 늘 웃는 얼굴로 말이다.

난 지레짐작했다. 아마도 민우의 삶은 평탄했을 거라고. 어릴 때부터 사랑 듬뿍 받고 자란 녀석일 거라고. 그렇지 않고서야 저렇게 '초긍정'일 수는 없었다.

민우의 개인사를 안 건 최근이었다. 어지간하면 빠지지 않는 민우가 하루 쉴 거라고 했다.

"무슨 일 있어?"

"아, 아버지가 좀 아프셔서. 병원 업무 좀 처리해야 해서."

아버지가 화물차 운전하시는데, 아주 큰 사고가 난 모양이었다. 기적적으로 살았다는 표현이 맞을 정도로. 산재 처리 해야 해서, 부득이하게 하루 쉰다는 거였다. 그런 일이 있는 줄 몰랐다. 단 한 번도 형편을 내색한 적이 없었다. 그것만으로도 큰 슬픔일 것 같았다. 위로차 저녁을 같이 먹었다.

불행은 끝이 아니라 시작이었다

운동부 출신이 운동을 그만뒀을 때, 그렇게 사회에 내던져졌을 때 어떻게 되는지를 우리는 잘 안다. 민우 삶도 다르지 않았다. 고등학교 3학년 때 운동을 접었다. 중고등학교 내내 교실이 아닌 체육관에서 시간을 보냈지만, 이 더러운 세상은 1등만 기억했다. 배운 거 없고 가진 거 없는 민우가 할 수 있는 일은 많지 않았다. 민우는 고등학교를 졸업하자마자 공장에 갔다.

스물여섯 살, 그곳에서 만난 애인과 결혼했다. 행복은 길지 않았다. 이제 막 100일이 지난 아기를 남겨둔 채 아내가 떠났다. 무능하다는 이유였다. 젖도 떼지 않은 아기를 안고 민우는 부모님 집으로 들어갔다.

애석하게도 불행은 끝이 아니라 시작이었다. 졸지에 손녀를 떠맡은 어머니 허리가 버티질 못했다. 안 그래도 안 좋던 허리였다.

결국엔
사람

두 차례에 걸친 허리 수술. 화물차 운전으로 근근이 먹고살던 부모님에겐 청천벽력이었다. 민우가 빚지게 된 것도 그즈음이었다. 허리 수술한다고 얼마, 생활비가 모자라 얼마, 뭐 한다고 얼마, 뭐 한다고 또 얼마, 그렇게 빚은 야금야금 쌓여갔다. 공장에서 버는 돈만으로는 감당할 수 없었다. 민우가 노가다판에 온 이유였다.

민우는 노가다판에 온 뒤로 조금씩 빚을 줄여나갔다. 그러던 참에 불행이 또다시 민우를 덮쳤다. 아버지가 사고를 당했다. 산재 처리 해도 병원비 전부를 지원해주는 건 아니었다. 빚은 또다시 늘었다. 더군다나 이제는 온전히 혼자 네 식구를 책임져야 했다.

같이 저녁 먹던 날, 그렇게 밝고 유쾌하던 민우가 처음으로 눈시울을 붉혔다.

"그래서 빚이 얼만데?"

"8000만 원 정도. 누나가 가끔 도와주기는 하는데, 누나가 친정까지 챙기기는 쉽지 않지. 내가 감당해야지 뭐."

"그랬구나. 전혀 몰랐어. 민우 니가 그렇게 힘든 상황인 줄은…."

"그래서 내가 하루도 안 쉬고 악착같이 일하는 거야. 빚 갚으랴, 네 식구 먹고살랴, 늘 빠듯해."

"연애 같은 건 꿈도 못 꾸겠네? 하하."

"푸하하하. 넌 이 와중에도 연애 얘기야? 니 덕분에 웃는다. 연애는 생각도 못 하지. 딸이 아직 여섯 살밖에 안 돼서 쉬는 날엔 딸이랑 놀아야 해. 연애하려면 돈도 있어야 하는데, 돈도 없고. 이혼

하고 연애해본 적이 한 번도 없어. 슬픈 얘기다, 증말! 헤헤헤. 그래
도 행복해. 퇴근하고 집 가면 딸이 쪼르르 쫓아 나와서 안기거든.
그러면 피로가 사르르 녹아. 헤헤."

섣불리 동정하거나 위로하지 않기로 했다

겁 없이 날뛰던 시절이 있었다. 내가 제일 똑똑하고 잘났다고 생
각하던 시절. 그러다 이혼했고, 노가다꾼이 됐다. 정신 차려보니
보증금 100만 원에 월세 15만 원짜리 반지하방에 누워 있었다. 내
나이 서른둘이었다.

그때 난 어느 책에서 읽은 (후에 내가 좀 각색한) 문장, "내 선택의
누적분이 곧 내 삶이다. 그러니 누구를 탓할 것도, 원망할 것도 없
다"를 종이에 적어 벽에 붙여놨다. 매일 아침 소리 내 읽었다. 자기
암시였다.

그렇게 매일 아침 스스로 다잡아도 소용없었다. 불쑥불쑥 화가
올라왔다. 모든 게 원망스러웠다. 가끔은 꿈 같았다. 지금 현실이
꿈이었으면 좋겠다가, 과거의 내가 꿈이었던가 싶다가, 정신이 오
락가락했다.

민우와 저녁 먹고 돌아온 날, 이 세상에서 날 제일 불쌍한 놈으
로 여겼던 때가 떠올랐다. 민망하고 부끄러웠다. 민우 형편에 비하
면 어린애 투정이었다.

그날 난 이런 생각을 했다. 나라면 어떻게 했을까. 빚이 8000만

원 있고, 네 식구를 먹여 살려야 하고, 빚은 좀처럼 줄지 않고, 연애는커녕 가벼운 취미 생활조차 할 수 없는 삶을 살아야 한다면…. 지금 다시 생각해봐도 결론은 하나다. 도망. 내 그릇으로는 감당할 수 없는 무게다.

민우라고 왜 때때로 버겁지 않겠냐만, 그래도 녀석은 행복하다고 말했다. 행복하다고 말할 수 있는 것만으로도, 웃음을 잃지 않고 유쾌하게 망치질하는 모습만으로도, 그리하여 '어릴 때부터 사랑 듬뿍 받고 자란 사람'으로 비치는 것만으로도, 민우는 제법 덤덤하고 의연하게 현실을 마주하는 것 같았다. 그래서 난 민우를 섣불리 동정하거나 위로하지 않기로 했다.

민우는 오늘도 열심히 자재를 나른다.

1955년생 일영 씨

"야! 니 형수가 아주 미칠라 한다. 아빠는 아빠 나름대로 창문도 열어놓고 방에 공기청정기도 갖다 놓았으니 괜찮지 않냐고 하는데, 괜찮을 리가 있냐? 거실로 담배 연기가 솔솔 새어 나오는데. 니 조카들이 다 거실에서 놀잖냐. 니 형수는 아이들 생각해서라도 밖에서 피면 안 되냐는 거고, 아빠는 모르쇠로 일관하니까, 중간에서 내가 죽겠다. 니가 아빠한테 좀 말해봐."

아빠는 언제나 그냥 '아빠'였다

친형한테 전화가 왔다. 여전히 집 안에서 담배 피우는 아빠 때문에 이런저런 문제가 있는 모양이었다.

결국엔
사람

"아니, 형은 아직도 아빠를 몰라? 아빠 고집 어떻게 꺾으려고. 쉽지 않을 거 같은데? 푸하하하. 엄마 아빠가 원한 것도 아닌데, 굳이 형이 모시고 살겠다고 한 거니까 형이 감당해야지 뭐."

"지난번에는 나도 참고 참다가 아빠한테 몇 마디 했더니만, 그럴 거면 왜 같이 살자고 했냐면서, 혼자 원룸 가서 사시겠대. 어떡하냐 진짜?"

"아버지가 백년 천년 사시는 것도 아니고. 이제 길어야 이삼십 년 사실 텐데, 그냥 피우시게 냅둬. 그나마 담배 피우는 낙으로 사는 사람한테 그걸로 자꾸 스트레스 주면 뭐할 겨. 그런다고 아빠가 밖에 나가서 피울 사람도 아니고. 우리도 어릴 때 다 아빠 담배 연기 맡으면서 컸잖아. 그래도 이렇게 건강하잖아. 푸하하."

내 어린 기억 속 아빠는 매우 엄한 어른이었다. 그렇다고 잔소리를 많이 하거나 매를 자주 드는 건 아니었다. 묵언으로 노기를 드러내는 스타일이었다. 그만큼 무뚝뚝하고 과묵했다. 주말에 아빠와 단둘이 축구 했다거나 영화관 다녀왔다는 친구들 얘기가 나에겐 딴 세상 얘기처럼 들렸다. 내 기억이 맞는다면 단 한 번도 아빠와 단둘이 무언가를 해본 적이 없다.

그래서 난 아빠를 잘 몰랐다. 어릴 땐 어떤 아이였는지, 20대 땐 어떤 꿈을 꿨었는지, 엄마는 어떻게 만났고 얼마나 사랑했는지, 살면서 제일 힘들었던 건 언제였는지, 또 언제 제일 행복했는지. 아빠는 늘 거실에 가만히 앉아 신문 읽고 담배 태우면서 뉴스를 봤다. 그게 다였다.

그런 까닭에 나에게 아빠는 언제나 그냥 '아빠'였다. 철부지 학창 시절에도, 세상 무서운 줄 모르던 20대 때도 그랬다. 그런 아빠가 한 인간으로 보이기 시작한 건 노가다판에 들어와서다.

하루 세 끼 먹는다는 것

노가다판 다수는 50대 중후반에서 60대 중반이다. 흔히 말하는 베이비붐 세대(1955~1963년생)다. 우리 팀만 해도 열여섯 명 가운데 열한 명이 60세 안팎이다. 그러니까 현재 나는 친구, 가족보다 많은 시간을 아버지, 삼촌뻘 어른들과 함께 보낸다.

돌이켜보면 대학 다닐 때도 회사 다닐 때도 이 나이대 어른들과 가깝게 지낼 일이 없었다. 물론, 대학 때도 친한 교수가 서넛 있었고, 회사에서도 상사─부하직원 이상의 교감을 나눈 사이가 몇몇 있었지만, 노가다판에서처럼 '형님' '아우' 하면서 격 없이 지낸 적이 없다.

형님, 아우? 그렇다. 노가다판에선 나이 차가 많든 적든 무조건 형님이다. 처음엔 아버지뻘 어른한테 형님이라고 하는 게 영 어색해 주저했다. 그랬더니만 벼락같은 호통이 날아왔다.

"얀마! 그냥 형님이라고 혀. 노가다판에선 나이 많으면 형님, 적으면 아우여. 몸으로 일하는 사람들이 격식 따지면 한도 끝도 없는 겨~."

그 뒤로는 "형님" "형님" 하면서 살갑게 따라다녔다. 그랬더니 술자리에도 날 끼워주고, 낚시갈 때도 날 데려갔다. 그때마다 형님들은 "이야~ 너는 태어나기도 전이니까 상상도 못 할 거다. 그때는 말이다" 하면서 그 시절 이야기를 들려줬다.

과묵한 아빠는 한 번도 들려주지 않았던 아주 생경한 이야기였다. 이를테면 그 시절이 얼마나 힘든 시절이었는지, 하루 세 끼 먹는다는 게 인생에 얼마나 절박한 문제였는지 하는 것들. 또 어릴 때 꿈꾸고 상상했던 형님들 나름의 이상향이 현실 앞에서 어떻게 좌절되었는지, 먹고 싶은 거 하고 싶은 거 참아가며 버텨내야 했던 삶의 무게라는 게 도대체가 얼마큼이었는지 하는 이야기들….

형님들 얘기를 들을 때마다, 그러니까 아빠한테는 한 번도 듣지 못했던 그 시절 이야기를 들을 때마다 나는 거꾸로 아빠를 생각했다. 그 고민, 무게, 시련, 좌절… 모르긴 몰라도 다르지 않았겠거니, 하면서.

집이 가난해 배울 수 없었고 그래서 노가다판에 뛰어든 형님들처럼, 학교 다닐 형편이 못 돼 중학교까지만 다닌 아빠는 회사 택시를 몰았다. 하루하루 손목이 부서져라 망치질해서 받은 일당을 모아 결혼하고 아이 낳고 융자받아 집 산 형님들처럼, 아빠는 밤낮없이 회사 택시를 굴려 사납금 채우고, 그렇게 받은 월급으로 형과 날 먹여 살렸다.

10여 년 회사 택시를 무탈하게 굴린 아빠는 개인택시를 한 대 받아 나왔다. 내가 아주 어릴 때 얘기다. 어렴풋이 기억난다. 아빠의 '로열프린스' 택시 앞에 가족 모두 모여 고사 지내던 장면. 내색은 크게 안 해도 무척이나 밝아 보인 아빠 얼굴.

아빠가 개인택시를 운전한 건 불과 몇 년이었다. 병원에 몇 달이나 입원했을 정도로 큰 사고가 났다. 아빠의 청춘, 어쩌면 그 자체였던 로열프린스는 그렇게 폐차됐다. 개인택시 면허를 판 아빠는 그 돈으로 자그마한 이불 가게를 차렸다. 이 이야기가 해피엔딩으로 끝나면 얼마나 좋겠냐만, 불과 1년 남짓 만에 IMF가 터졌다. 어려서 잘 몰랐던 당시 풍경을 친한 형님에게 들었다.

"영원할 것 같던 대기업들이 줄줄이 무너지는데, 이러다 대한민국 망하는 거 아닌가 싶더라니까. 노가다판이라고 사정이 달랐겠냐? 올스톱이었어. 현장 자체가 없었으니까. 나는 그때 9개월을 놀았다. 9개월. 그때는 진짜 죽겠더라. 나중에는 담뱃값도 없어가지고 마누라한테 돈 좀 달라고 하려는데, 아휴 ×벌, 입이 떨어져야 말이지."

아빠는 결국 이불 가게를 접었다. 그때도 아빠는 아무 말 없었다. 그래서 난 잘 몰랐다. 묵묵히 가게를 정리하던 아빠 뒷모습만 기억난다.

곰곰이 생각해보면 당시 아빠에게는 이제 막 고등학교에 올라간 큰아들과 곧 중학교에 입학할 막내아들이 있었다. 16평짜리 아파트에 딸린 융자금과 1.5톤 탑차에 딸린 할부금, 가게 유지하느라 융통한 자잘한 빚도 있었다. 아빠 나이 마흔네 살이었다.

담뱃값이 없어서, 그 몇천 원이 없어서 손 내미는 게 미안하고 구차스러워 끝내 입이 떨어지지 않았다는 형님 말을 들으며 나는 아빠를 생각했다. 아니, 그의 삶을 생각했다. 자식들에게 이렇다저렇다 말은 하지 않았지만 그 속이 오죽했을까 싶은, 그런 세월을 견디고 견디며 두 아들을 키워낸 1955년생 일영日永 씨의 삶을.

형과 통화한 다음 날, 오랜만에 본가에 갔다. 멀리 사는 것도 아닌데 얼굴 한번 보기 힘든 녀석이 어쩐 일이냐며 엄마가 날 반겼다. 오랜만에 집밥 먹고 싶어서 왔다고 둘러대고는 얼른 아빠 방으로 갔다. 품에 숨겨온 담배 한 보루 건넸다. 형이랑 형수한테는 미안한 얘기지만, 그렇게 하고 싶었다.

"아빠, 이제 날씨 좀 풀렸으니까 번거로워도 어지간하면 밖에서 피우세요. 건강 생각해서 좀 줄이시고요."

결국엔 사람

대학 졸업하고 입사한 첫 회사가 망했다고 가정해보자. 부푼 꿈과 기대를 안고 사회에 첫발 내디뎠고, 대학에서 갈고 닦은 역량을 뽐내고자 최선을 다했고, 이제 겨우 회사 분위기에 적응했고, 회사가 너무 마음에 들어 "이곳에 뼈를 묻겠다" 뭐 그런 굳은 의지와 각오를 다지던 청년이 있다고 가정해보자.

갑작스러운 부도로 백수가 된 청년

갑작스러운 부도로 백수가 된 그 청년은 어떤 기분일까. 당장 백수가 된 건 둘째 치고, 엄청난 상실감이 밀려오지 않을까.

재작년 여름, 비슷한 일을 겪었다. 내가 속한 목수팀이 깨졌다.

어느 조직에나 있을 법한 내부 갈등이 싹텄다. 그걸 수습하지 못했다. 고름처럼 터져버렸다. 나로선 적잖은 충격이었다. 그도 그럴게, 나에겐 첫 목수팀이었다.

'개잡부' 시절, 같은 현장에 있던 목수팀 오야지와 친하게 지냈다. 오야지가 날 마음에 들어 했다. 기술 배울 생각이 있으면 다음 현장에 갈 때 따라오라고 했다. 그렇게 망치를 들었다. 줄곧 그 오야지 밑에서 망치질을 배웠다.

예로 든 청년만큼은 아니었겠으나, 나 또한 상실감이 제법 컸다. 내 마음이 더 복잡했던 건 함께 일했던 형님들 때문이었다. 형님들 대부분이 으레 있는 일이라는 듯, 각자 살길 찾아 다른 현장으로 떠났다. 친한 형님에게 툴툴거렸더니, 돌아오는 대답이 이랬다.

"야 인마, 노가다판이 다 그런 겨. 수시로 사람 들고나는 게 이 바닥 아니냐. 팀 하나 깨지고 또 새로 생기는 거? 이 바닥에선 흔한 일이여. 그때마다 서로 부둥켜안고 눈물 쥐어짤래? 당장 처자식이 밥 굶을 판인데? 너도 망치질 계속할 생각이면 빨리 다른 팀 알아봐라."

틀린 말이 아니었다. 질질 짠다고 어디서 돈이 떨어지는 건 아니다. 언제나 그렇듯 이상은 멀고 현실은 시궁창이다. 하는 수 없이 가깝게 지냈던 형님 꽁무니를 따라나섰다. 회사원으로 다시 비유하자면 같은 직종의 다른 회사로 이직한 셈이다. 내가 망치질한다는 걸 제외한 모든 환경이 바뀌었다. 당연히 현장도 바뀌었고, 오야지도 바뀌었고, 작업반장도 함께 일하는 동료도 바뀌었다.

새로운 팀에 적응하랴, 무더위와 싸우랴, 정말이지 정신이 하나도 없었다. 그렇게 두어 달이 지났을까. 내 입에서 이런 말이 튀어나왔다.

"아휴 ×발, 재미없어."

한숨처럼 무심코 튀어나온 말에 스스로 놀랐다. 황급히 입을 막았다. 내가 행복하지 않다는 걸 인정하고 싶지 않아 꽁꽁 숨겨두었던 진심이 '툭' 튀어나와 버렸다.

목수 일, 그만둬야 하나

그날 집으로 돌아오는데 괜히 서러웠다. 내가 지금 뭐 하는 건가 싶었다. 하고 싶은 일만 하면서 행복하게 살겠다더니…. 재미없다고 징징거리는 꼴이 아주 가관이었다.

새삼, 목수 일을 처음 시작하던 때가 떠올랐다. 모든 게 낯설고 어렵기만 하던 그때 말이다. 먼저 손 내밀어준 건 창수 형님이었다. '개잡부'로 일하다 목수팀에 들어간 지 며칠이나 지났을까, 점심 먹고 쉬던 참이었다. 집에 김치 떨어진 게 생각나 나는 핸드폰으로 김치를 주문하고 있었다. 내 핸드폰을 들여다보던 창수 형님이 이렇게 말했다.

"야! 너 김치 사 먹냐? 김치를 왜 사 먹어. 이따 일 끝나고 형 집에 들려라. 김치 싸줄 테니까."

"아니에요. 안 그러셔도 돼요."

"군소리 말어. 끝나고 형 차 따라와."

그때까지 창수 형님과 난 얘기도 몇 마디 안 나눠봤었다. 근데도 형님은 가타부타 묻지 않았다. 그저 같이 일하는 동생이 김치 사 먹는 걸 보니 마음이 쓰였던 거다. 일 끝나고 형님 집으로 갔다. 형님은 김치 한 봉지, 밑반찬 두어 개, 사과 세 알, 김 서너 봉지를 종이가방에 담아줬다. 그러면서 이렇게 물었다.

"집에 쌀은 있냐?"

"아 예, 쌀은 있어요. 이렇게 안 싸주셔도 되는데, 잘 먹을게요. 고맙습니다."

"김치 떨어지면 또 얘기해. 형이 챙겨줄 테니까."

형님이 챙겨준 종이가방을 들고 집으로 오는 길에, 나는 어린아이처럼 엉엉 울었다. 아무도 나를 모르는 곳에서 살겠다고 다짐했었다. 그런 각오로 맺었던 관계를 모두 정리하고 노가다판에 왔다. 각오는 그렇게 했지만, 실은 무척이나 외롭고 두려운 나날이었다. 자려고 누워 있으면 망망대해에 홀로 떠 있는 기분이 들었다. 내 인생은 도대체 어디로 흘러가는 걸까.

그게 무섭고 두려웠다. 그런 때였다. 아마도 그래서 형님 손길이 더 따스하게 느껴졌던 거 같다. 내가 세상을 향해 다시 고개를 내민 것도 그즈음이었다. 나는 그때부터 창수 형님을 친형처럼 따랐다. 자연스럽게 다른 형님들과도 친해졌다. 주말이면 함께 캠핑 다니고, 여름엔 다 같이 물가에 가서 백숙도 끓여 먹었다.

일할 때도 무척 즐거웠다. 목수 일 자체도 물론 재밌었지만, 마음 맞는 사람들과 함께해서 더 즐거웠다. 농담 따먹으면서 하하, 호호, 껄껄 하다 보면 하루가 후딱 지났다. 누구는 목수 일 처음 배울 때 그렇게 힘들고 어렵다던데, 난 비교적 쉽게 배웠다. 모두 형님들 덕분이었다.

나에게 첫 목수팀은 그런 팀이었고, 그런 사람들이었다. 나에게 마음을 내어준 사람들. 내가 다시 세상 밖으로 나올 수 있게, 손을 내밀어준 사람들.

그런 팀이 갑자기 깨져버렸다. 당장 먹고는 살아야 해서 새로운 팀에 가긴 했다만, 적응이 안 됐다. 늘 겉도는 느낌이었다. 어떤 날은 말 한마디 안 하고 망치질만 한 날도 있었다. 그러니 목수 일이 아무리 좋아도 흥이 안 날 수밖에. 그날 난, 진지하게 고민했다.

목수 일, 그만둬야 하나?

무얼 먹느냐보다 중요한 것

대학 졸업하고 처음 취직한 잡지사 때부터 그랬다. 함께하는 동료들이 다들 멋졌다. 그들은 잡지 한 권으로 따뜻한 세상을 만들 수 있다고 믿는 사람들이었다. 그렇게 멋진 사람들과 함께 일하는 것만으로도 행복했다. 그들이 꿈꾸는 세상에 전적으로 동의했고, 함께 호흡하는 매 순간이 모두 즐거웠다. 원고 마감한다고 몇날 며칠씩 밤새워도 "이게 기사냐? 다시 써!"라는 말로 매번 혼이 나면서도 웃으며 일할 수 있었던 건 역시 동료들 덕분이었다.

연애할 때도 그랬다. 남들은 데이트할 때 뭘 먹을지 뭘 해야 할지, 늘 고민이라는데 난 그런 게 없었다. 애인이 묻거든 언제나 너 먹고 싶은 거 먹자고 말했다. 그럴 때면 애인은 "오빠는 나랑 하고 싶은 거 없어? 먹고 싶은 거 없어?"라고 나에게 되묻기도 했다.

물론, 나도 좋아하는 음식이 있다. 근데 굳이 내가 먹고 싶은 걸 먹지 않아도 괜찮았다. 무얼 먹느냐보다 중요한 건 누구와 먹느냐니까. 그러니 애인이 먹고 싶은 파스타든, 내가 좋아하는 짜장면이든, 맛집 유튜버가 추천하는 쌀국수든 상관없었다. 사랑하는 사람과 마주 앉아 먹는 건데, 아무렴 어떠랴.

그런 거 같다. 노가다판 와서 새삼 깨달은 이치. 결국엔, 사람이었다. 그만둬야 하나 고민하던 그날, 결국 현실 앞에 무릎을 꿇었다. 그 뒤로도 ×팔, ○팔 찾아가며 억지로 망치질했다. 먹고 살자니, 어쩔 수 없었다. 그러던 그해 겨울, 창수 형님에게 연락이 왔다.

"눈칫밥 먹어가며 일하려니 힘들지? 푸하하하. 형이 조금만 기다리라고 했던 거 기억나냐? 우리 원년 멤버들 주축으로 새롭게 팀 하나 꾸렸다. 일주일만 있다가 합류해라. 고생 많았다."

그렇게 요즘 난, 그때 그 시절처럼 하하, 호호, 껄껄 하며 즐겁고 재밌게 망치질을 한다.

노가다
가리사대

노가다꾼이 되려면

"노가다꾼이 되려면 도대체 어떻게 해야 하나요?" 여러 경로를 통해 꾸준히 받는 질문이다. 이 글은 그에 관한 답변이다.

Q. 제가 노가다 할 수 있을까요?

A. 힘들고 위험하고 더러운 거로 둘째가라면 서러운 게 노가다 꾼이다. 그런 줄 뻔히 알면서도 하겠다는 사람의 절박함과 열정을, 내 모르지 않는다. 나 또한 벼랑 끝에서 택한 직업이 노가다였으니. 하지만 그 절박함과 열정만으로는 쉽지 않다. 괜히 '3D' 직종이 아니다. 제대로 한번 부딪쳐보려면 그래도 몇 가지 조건이 맞아야 한다. 이른바 '노가다꾼 적합도 테스트'다.

① 나는 평소에 힘 좀 쓴다는 소리를 듣는 편이다.

② 나는 체력과 지구력, 근력이 제법 좋은 편이다.

③ 나는 일상적인 근육통 정도는 견딜 수 있다.

④ 나는 멘탈이 강한 편이다. 상사가 수시로 분노하고 쌍욕 해도 상처받지 않는다.

⑤ 나는 친구나 가족, 심지어 자식이 내 직업을 창피하게 여겨도 상관없다.

⑥ 나는 외모에 신경 안 쓰는 편이다. 피부가 새카매지거나 급격하게 노화해도 괜찮다.

⑦ 나는 수시로 직장 옮기거나 대기발령 상태가 되는 고용불안을 견딜 수 있다.

⑧ 나는 일하다 찢어지거나 부러지거나 때에 따라 손가락 정도는 잘려도 참을 수 있다.

⑨ 나는 일하다가 죽을 수도 있지만, 그 또한 운명으로 받아들일 수 있다.

※ 안전보건공단에서 발표한 자료에 따르면 지난 10년간 노가다판에서 4641명이 사망했다. 연평균 464.1명이다. 주 6일 근무 기준, 매일 두 명꼴로 노가다판에서 죽어 나간다.

이상은 노가다꾼이 되면 일상적으로 겪거나 겪을지도 모르는 어려움과 조건이다. 일부러 조금 '쎄게' 리스트를 뽑아봤다. 그만큼 각오를 단단히 해야 한단 얘기다.

Q. 노가다하려면 어떤 자격증이 필요한가요?

A. 많이 받는 질문 가운데 하나가 자격증이다. 공통으로 꼭 필요한 자격증(은 아니고, 이수증)은 딱 하나다. 건설업 기초안전보건교육 이수증. 노가다판에서 일하려면 예외 없이 취득해야 한다.

걱정할 필요는 없다. 말 그대로 이수증이다. 시험이 없단 얘기다. '안전보건교육포털' 홈페이지에 들어가면 지역별 전문교육기관과 교육 일정이 상세히 나온다. 해당 기관에 가서 네 시간만 가만히 앉아 있으면, 아니 교육받으면 그 자리에서 바로 이수증을 발급해준다.

자격증이 꼭 필요한 공정도 있다. 굴삭기, 지게차, 크레인, 덤프트럭 등 주로 중장비를 다루는 토목 공정에서 일하려면 관련 자격증이 필수다.

간혹, 학원에서 이론 수업과 실습 과정 밟고 오는 사람도 있다. 냉정히 말해 별 도움도 안 될뿐더러 현장에서도 그런 건 잘 인정 안 해준다. 학원 다닐 시간에 현장에서 몸으로 익히는 게 차라리 빠르다.

Q. 구인구직 광고에도 딱히 없던데, 도대체 어디로 가야 하죠?

A. 노가다꾼은 기본적으로 일용직이다. 오늘 하루 일해줄 사람이 필요할 뿐이다. 당연히 채용 공고, 서류 접수, 입사 시험, 면접 같은 거 없다.

가장 쉬운 방법은 역시 인력사무소다. 집에서 가장 가까운 인력사무소로 새벽 5시 30분까지 가면 된다. 갈 때 주민등록증과 기초안전보건교육 이수증, 안전화를 꼭 챙겨야 한다.

들어가면 아저씨 몇 명이 의자에 앉아 졸고 있다. 당황하면 안 된다. 아주 자연스럽게 정수기로 간다. 종이컵에 믹스커피를 휙휙 탄다. 호로록 호로록 마시면서 인력소 사장 옆으로 스윽 간다. 여기서 너스레 한번 떨어주면 좋다. "아휴~ 요새 일이 좀 있나? 개미인력(어느 지역에 가든 '개미인력'이라는 이름의 인력사무소가 무조건 있다) 다녔는데 거기는 요즘 일이 영 없어요." 그러면서 책상 위에 주민등록증을 툭 올려준다.

하하. 농담이다. 너무 초짜 티 내지 말란 얘기다. 인력소에 따라 '쌩짜'에겐 일 안 주는 경우도 있다. 보내봐야 어버버하고 욕만 먹다 올 게 뻔하니까.

인력소는 가장 쉬운 방법이면서 개인적으로 가장 추천하는 방법이기도 하다. 일종의 맛보기다. 잡부로 한동안 일하면서 노가다가 과연 나랑 맞는지, 내가 이 일을 계속할 수 있을지 고민해보는 시간이랄까. 실제로 노가다판에 오는 상당수가 한 달을 못 버티고 나간다. 반대로 잠깐 머리 식히러 왔다가 의외로 너무 잘 맞아서 아예 눌러앉는 경우도 있다. 나처럼 말이다.

인력소를 추천하는 또 다른 이유는 여러 공정과 현장을 두루두루 경험할 수 있기 때문이다. 노가다라는 게 토목부터 전기, 설비, 형틀, 철근, 타설, 미장, 조적, 도장, 창호, 타일, 방수, 조경 등 열거하자면 끝도 없다. 평생 잡부 할 거 아니면 결국 저 가운데 하나는 배워야 한다. 어떤 기술이 내 적성에 맞을지, 잡부로 이 현장 저 현장 다니면서 한번 둘러보는 거다.

그렇게 잡부로 열심히 하다 보면 기술 배울 기회가 자연스레 찾아온다. 노가다판도 결국 사람과 사람이 만나 사회를 형성하는 곳이다. 열심히만 하면 어련히 밀어주고 땡겨주고 끌어준다. 나 또한 딱 그 코스를 밟았다. 인력소 잡부로 일하다가 하청 직영 잡부를 했고, 거기서 열심히 하다 보니 형틀목수 오야지 눈에 들어 여기까지 올 수 있었다.

Q. 인력사무소는 도저히 못 나가겠어요. 다른 방법은 없을까요?

A. 도저히 인력소 나갈 용기가 없다. 그런 내성적인 사람에게 사실 노가다가 어울리진 않는다. 그래도 굳이 노가다를 해봐야겠다면 방법이 있긴 하다.

이 방법을 소개하려면 우선 노가다판 생태계를 알아야 한다. 위에서도 얘기한 것처럼 노가다꾼은 일용직이다. 비정규직 no no! 정규직 no no no! 일용직이다. 애초에 소속감이라는 게 잘 없다.

그래서 사람 들고나는 일이 아주 흔하다. 어제까지 같이 일하던 사람이 갑자기 다른 현장으로 떠나거나, 오늘 오전까지 열심히 하던 사람이 점심시간에 오야지랑 한판 붙고 오후에 쫓겨나는 일? 이 바닥에선 아주 흔하다.

바꿔 말하면 한 자리 만드는 것도 우습다는 얘기다. "그 회사는 도대체 신입사원 언제 뽑는데?" 같은 개념이 노가다판엔 없다. 오늘이라도 당장 오야지 '오케이' 사인만 떨어지면 일할 수 있다. 그럼 오야지는 언제 '오케이' 하느냐. 8할 이상이 지인 추천이다. "아는 동생인데…", "예전에 같이 일했던 사람인데…" 이게 전부다.

그러니까 인력소 가기 싫은 사람은 주변을 둘러보자. 친구 아빠, 아빠 친구, 사돈의 팔촌, 팔촌의 사돈, 친구 선배, 선배 친구 가운데 분명 한두 명쯤은 노가다꾼이 있다. 혹은 건설사 직원이라도 한 명 정도는 분명 있다. 그 사람에게 부탁하면 된다. 그 사람이 안 되면 그 사람이 아는 또 다른 노가다꾼이라도 소개해줄 거다. 기술 배우고 싶다고 당당히 얘기하면 된다. 나이가 좀 젊다면 모셔갈지도 모른다. 노가다판에서 젊은 사람은 아주 귀한 인력이다.

Q. 주변에 아는 사람도 없어요. 그래도 노가다 꼭 하고 싶어요!

A. 인력소도 나가기 싫고, 주변에 아는 사람도 없으면 나보고 어쩌라…. 하하하. 마지막 방법이 하나 있다. 노조에 가입한다. 전국민주노동조합총연맹(민주노총) 산하 전국건설노동조합(건설노조)에

가입하면 각 지역본부 상황과 여건에 따라 신입조합원 교육 및 대기 절차를 거친 뒤 현장으로 연계해준다. 우리 지역은 건설노조 산하에 형틀, 철근, 시스템, 타설 등 공정팀이 있다. 지역본부 사무실에 찾아가서 노가다 하고 싶어서 왔다고 말하면 친절하게 안내해준다.

나는 노조도 싫다! 휴, 진짜 마지막 방법은 온라인이다. '골조인'이라는 네이버 카페가 있다. 내가 알기로 노가다 관련 온라인 플랫폼 가운데 규모가 가장 크다. '골조인'에 들어가 보면 수시로 구인 구직 글이 올라온다. 최근에는 인력소 온라인 버전이라고 할 수 있는 어플 '가다', '일다오' 등도 생겼다. 간단한 가입 절차를 거치면 지역별, 직종별 일자리를 확인할 수 있다.

Q. 내일 첫 출근이에요. 뭘 준비하면 좋을까요?

A. 우선은 작업복과 안전화를 꼭 챙겨야 한다. 더운 날에는 생수도 한 병 정도 준비하면 좋다. 주민등록증과 기초안전보건교육 이수증도 챙겨야 한다. 때에 따라 통장 사본을 달라는 곳도 있다.

제일 중요한 건 저녁을 든든히 먹고 일찌감치 푹 자는 것. 위에서 잔뜩 겁주긴 했지만 노가다판이라고 다를 거 없다. 거기도 그냥 보통의 밥벌이 현장이다. 최상의 컨디션과 적극적인 마음가짐이면 충분하다. 그 이상 무언가를 요구하면 "에이 ×팔, 더러워서 못해먹겠네!" 하고 나오면 그만이다. 일용직인 것도 서러운데, 그런 맛이라도 있어야지, 암.

　어쨌거나, 건투를 빈다. 부디 몸 건강하길!

기술은 어디서 배우지?

나라시 작업 상황에 맞게 미리 자재를 나열하는 것. "고르게 하다"는 뜻의 일본어 'ならし [나라씨]'에서 파생했다.

건설업 20대 불과 8.1퍼센트

'20대 농사꾼'이 많을까, '20대 노가다꾼'이 많을까? 통계청에서 발표한 2021년 〈임금 근로 일자리 동향〉을 보면 농림어업 종사자 가운데 20대 비중은 16.4퍼센트다. 건설업 20대 비중은 8.1퍼센트다. 무려 두 배 차이다. 쉽게 말해, 논밭에서 20대를 찾는 게 노가다 판에서 20대를 찾는 것보다 더 쉽단 얘기다.

전체 산업 열여덟 개의 20대 비중 평균(17.1퍼센트)과 비교해도 건설업 20대 비중이 매우 낮다. 참고로, 건설업보다 20대 비중이 낮은 산업은 부동산업(7.6퍼센트)이 유일하다.

20대 비중이 낮다는 얘기는 세대교체가 이뤄지지 않는다는 의미다. 스포츠로 따지면 진작 은퇴했어야 할 노장들이 아직도 현역으로 뛰는 셈이다. 노가다판이 딱 그렇다. 어느 현장에 가든 50대 60대가 주축이다.

〈2021년 임금근로 일자리동향 행정통계 연령대 및 산업대분류별 일자리 규모 및 증감〉

(단위: 퍼센트)

산업대분류	20대	50대 이상	산업대분류	20대	50대 이상
건설업	8.1	51.8	금융·보험	15.2	22.5
농림어업	16.4	49.3	부동산업	7.6	61.4
제조업	15.4	33.6	전문·과학·기술	21.5	27.5
전기·가스업	18.9	29.1	사업·임대	15.2	50.2
수도·하수·폐기물	9.5	49.5	공공행정	17.9	33.4
도소매	20.3	29.4	교육	14.8	32.8
운수·창고	11.8	46.9	보건·사회복지	16.1	46.7
숙박·음식	35.6	33.4	예술·스포츠·여가	26.8	26.8
정보통신	24	16.5	협회·수리·개인	13.4	48.7
20대 평균: 17.1			**50대 이상 평균: 38.3**		

※ 통계청에서 대분류한 전체 20개 산업 가운데 '광업'과 '기타'(가구 내 고용 활동과 국제 외국기관을 포함)는 표본이 매우 적어 자료로 부적합해 임의로 제외.

노가다
가라사대

같은 통계자료에서 건설업 50대 이상 비중은 무려 51.8퍼센트다. 이 역시 부동산업(61.4퍼센트)을 제외하면 가장 큰 비율이고, 전체 산업의 50대 이상 평균(38.3퍼센트)을 훨씬 상회하는 수치다.

우리나라 고령화가 어제오늘의 문제는 아니다. 정도 차이가 있을 뿐 건설업만 고령화하는 것도 아닌데 뭘 새삼스럽게 그러느냐고 되물을지도 모르겠다.

건설업은 고강도 육체노동이다. 따라서 건설업의 고령화는 안전 문제와도 직결한다. 말하자면, 컴퓨터 작업하는 60대보다는 무거운 자재를 짊어 나르는 60대가 쉽게 다칠 수 있단 얘기다. 부동산업 고령화와 단순 비교할 수 없는 이유다.

정리하자면 '건설업 고령화가 심각한 수준'이라는 것, 그렇기 때문에 하루빨리 세대교체를 해야 하는데 '농촌보다도 세대교체가 이뤄지지 않는다'는 것까지 지적했다. 여기까지는 다른 기사에서도 흔히 볼 수 있는 내용이다.

내가 진짜로 하고 싶은 얘기는 '왜?'다. 현상 말고 원인을 알아야 해결책을 찾을 수 있을 테니. 그러니까, 20대가 건설업을 기피하는 원인, 그걸 얘기해보자는 거다. 더 정확하게 말하자면 '20대는 도대체 왜, 건설업에 발을 들였다가 금방 떠날까'에 관한 얘기다.

실제로 그렇다. 많진 않아도 20대가 드문드문 오긴 한다. 그런데 못 버티고 금세 나간다. 그 이유가 뭘까. 그에 관한 내 대답이 바로 '나라시'다. 나라시로 대표되는 꼰대 문화다.

나는 지금부터 형틀목수를 예로 들을 건데, 다른 공정 상황도 비슷하다는 걸 전제한다.

목수 작업의 5할은, 아니 어쩌면 그 이상은 '나라시'다. 이렇게 생각하면 쉽다. 꽃게탕을 만든다 치자. 우선 수산시장에 가서 싱싱한 꽃게를 사고, 오는 길에 마트에서 무·애호박·양파·대파 등도 산다. 집으로 돌아와 칫솔로 꽃게를 깨끗하게 손질하고, 야채도 물에 헹궈 알맞은 크기로 썰어놓는다. 찬장에서 된장, 고추장, 고춧가루, 간장 등도 미리 꺼내 세팅해둔다. 마지막으로 멸치, 다시마, 무 넣고 육수도 끓여놓는다. 말하자면 여기까지가 나라시다.

가끔 요리 프로그램을 보면 재료 손질까지 끝낸 셰프가 "이제 다 됐어요"라고 말한다. 그럼 옆에 있던 MC가 놀라 "뭐가 다 됐다는 거예요? 요리는 아직 시작도 안 했는데?"라고 묻는다. 그럼 셰프가 웃으면서 이렇게 말한다.

"아아~ 재료 손질 끝났으니까 이제 육수에 순서대로 재료 넣고 간만 보면 끝이라는 얘기예요."

목수 작업도 마찬가지다. 목수가 가장 많이 쓰는 유로폼[17]만 해

....

17 테두리에 강철을 둘러놓은 나무 합판. 일정한 규격의 코팅 합판에 '강재'라고 부르는 철을 격자무늬로 붙여 만든 거푸집 패널이다. 보통 가로 600mm 세로 1200mm짜리 유로폼을 많이 쓴다(현장에서는 6012 또는 600폼이라고 부른다).

도 1장에 약 20킬로그램(가로 600mm×세로1200mm 기준)이다. 통상 목수들은 유로폼을 양손에 한 장씩 들고 나른다. 100장만 날라도 진이 쪽 빠진다. 그뿐이랴. 두 번째로 많이 쓰는 삿보도[18]도 1개에 약 15킬로그램이다. 이걸 두 개씩 짊어지고 나른다. 이 밖에도 목수가 쓰는 자재 가운데 무엇 하나 가벼운 게 없다.

그런 자재가 넓은 작업장 여기저기 흩어져 있다. 그걸 일일이 날라, 그걸 일일이 날라, 그걸 일일이 날라, 세팅해놓기까지가 힘들다. 실제 시공하는 건 크게 힘들지 않다. 그래서 나라시가 5할이다.

나라시를 '매우 당연하게' 막내들이 한다. 연령으로 보자면 20~30대, 경력은 1~3년, 우리가 현장에서 흔히 '조공'이라 부르는 친구들이다. 이유는? 효율성 때문이다. 어쨌거나 망치질은, 다시 말해 시공은 기술이 필요

기술은 어디서 배우지?

한 영역이다. 아무래도 50~60대가 잘한다. 반대로 나라시는 체력과 지구력, 근력이 중요하다. 아무렴 젊은 친구들을 못 따라간다.

이 지점에서 모든 악순환이 시작된다.

열정 같은 소리 하고 있네

여기, 스물여덟 살 설훈이가 있다. 그는 오늘 노가다판에 첫발을 내디뎠다. '기술 빨리 배워서 나도 멋진 목수가 되어야지! 아자아자 파이팅!' 각오를 다진다.

현장에 도착했다. 작업반장이 부른다. 이름도 나이도 묻지도 따지지도 않고, 대뜸 이렇게 말한다.

"야! 멀뚱멀뚱 서 있지 말고, 저기 가서 유로폼 100장만 여기로 날라."

시작이다. 악순환의 시작. 하루, 이틀, 일주일, 보름, 한 달, 두 달…. 나라시만 시킨다. 여기저기서 설훈이를 찾는다. 숨 돌릴 틈도 없다. 부지런히 자재를 날라다 줘도 돌아오는 건 쌍욕이다.

"야! ×벌, 뭐하냐! 손 놓는 거 안 보이냐? 빨리빨리 가져오라고."

그렇게 서너 달 죽어라 나라시만 하다 보면 아무리 젊고 건강한 설훈이라도 몸이 버티질 못한다. 더군다나 돌아가는 판을 보니 기술을 배우긴 글렀구나 싶은 생각까지 든다. 당연한 얘기다. 나라시만 하니까 기술을 배울 틈이 없고, 기술이 없으니까 나라시밖에 할 수 있는 게 없다. 그 악순환의 메커니즘을 깨닫는 때가 온다.

'아 씨, 일은 내가 다하는 것 같은데 나는 15만 원밖에 못 받고, 내가 날라주는 자재로 망치질만 '톡톡' 하는 목수들은 20만 원도 넘게 받고, 도대체 이게 뭐지?'

생각이 여기에 미치면 힘이 쭉 빠지면서 멘탈이 나가 버린다. 그래도 눈 딱 감고 1년만 버텨보자. 설훈이는 다시 마음을 다잡는다. 그런 각오로 참 먹는 시간, 점심시간에 잠깐 도면이라도 보려고 하면? 득달같이 달려와 쏘아붙인다.

"어린놈이 싸가지 없이 벌써부터 도면을 보려고 하네. 너 인마, 옛날 같으면 맞아 죽었어."

"아니, 잠깐 여유가 생겨서, 기술도 배우긴 해야 할 것 같고…."

"야 인마! 여기가 학원이냐? 기술을 배우고 싶으면 돈을 내. 주제넘지 말고, 빨리 가서 나라시나 해!"

절대 과장이 아니다. 요즘도 조공이 도면을 보면 난리 치는 목수들이 많다. 그게 뭐 별거라고.

어쨌거나 우여곡절 끝에 6개월을 버텨냈다. 새로운 현장에 들어가는 시점이다. 노가다판에서는 보통 이즈음 조공 일당을 올려준다. 아니나 다를까. 오야지가 설훈이를 부른다.

"아이고 우리 설훈이, 요즘 젊은 애들 같지 않게 열심히 하네. 다음 현장 갈 때 일당 만 원 올려줄게."

"아 네, 감사합니다."

옆에서 듣던 작업반장이 오야지에게 한마디 한다.

"형님, 그러지 마슈. 젊은 놈들 일당 자꾸 올려주면 지들이 목수라도 되는 것처럼 버릇없어진다니까요? 아시잖수."

이것도 진짜다. 자기 주머니에서 나가는 돈도 아닌데, 조공들 일당 올려준다는 얘기만 나오면 입에 거품 무는 목수, 정말 너무 많다. 놀부 심보가 따로 없다. 그러니 설훈이가 어떻게 버티겠느냐는 말이다.

그래 놓고 요즘 것들은 끈기가 부족하다, 열정이 없다, 젊어 고생은 사서도 한다, 같은 얘길 한다. 언론사 배경으로 정재영(부장)과 박보영(수습기자)이 나왔던 영화가 생각난다. 제목이 뭐였더라. 아, 이거다.

열정 같은 소리 하고 있네!

하마터면 다시 회사에 갈 뻔했다

취준생이 들으면 기분 나쁠지 모르겠다만, 하마터면 다시 회사에
갈 뻔했다.

송 기자 스카웃하려고 전화했어

'이 사람 번호가 아직 저장되어 있었네?' 싶은 사람에게서 전화
가 왔다.

"전화 안 받으면 어쩌나 했는데, 송 기자 오랜만이야!"

"아이고~ 편집장님 잘 지내시죠? 새해 복 많이 받으세요!"

"어떻게 지내? 통 안 보이네?"

"저 목수 일하면서 지내요. 하하."

"목수? 어울리지 않게 웬 목수? 흠흠, 다른 게 아니라….”

이분을 처음 만난 건 7년 전이다. 당시 난 잡지사 기자였다. 그는 시에서 발행하는 정기간행물 편집장이었다(지금부터 김 편집장이라 칭하겠다).

알아둬서 나쁜 것 없다는 누군가 소개로 식사 한번 했다. 그 뒤로 이런저런 자리에서 만나면 안부 묻는 정도? 딱 그 정도 사이였다. 그나마도 내가 기자로 일했을 때 얘기니까, 무려 5년 만의 통화였다. 김 편집장은 3년 전쯤 시에서 나왔다고 했다. 지금은 종합콘텐츠 회사 부사장이란다.

"출판기획부터 디자인, 영상, 이벤트, 축제, 소셜네트워크서비스까지, 한마디로 종합콘텐츠미디어 회사야. 회사 생긴 지는 5년 좀 넘었고, 직원은 50명 정도 있어.”

"50명이요? 와~ 우리 지역에 그렇게 큰 콘텐츠 기획사가 있었어요? 몰랐네.”

"규모로만 따지면 중부권에서 거의 최대고, 이렇게 종합적으로 콘텐츠 기획하는 회사로 보자면 지방에서 유일하지.”

"그건 그렇고, 어쩐 일이세요?”

"우리 먹물들은 또 돌려 말하는 거 딱 싫어하니까, 내가 송 기자한테 단도직입적으로 얘기할게. 송 기자 스카웃하려고 전화했어!”

"예? 갑자기요?”

이 시점 뜬금없겠지만, 잡지사 기자 때 얘기 좀 해야겠다. 전개상 필요하다. 내가 다녔던 잡지사에선 잡지 발행과 더불어 출판기획 사업도 했다. 기업이나 공공기관 사보, 정기간행물, 홍보 브로슈어 등을 만들었다. 이거저거 만들어달라고 요청해오는 때도 있었지만, 그보단 공개 입찰이 많았다. 회사가 살아야 내 월급도 나오니, 잡지 만드는 틈틈이 제안서도 기획하고 프레젠테이션도 준비해 입찰에 들어가곤 했다.

그런데, 세상에나! 내가 그런 일을 재밌어하고, 심지어는 제법 잘하더란 말이다. 회사에서도 그런 날 '어여삐' 여겨 나중엔 아예 기획팀장을 맡겼다. 주로 출판기획 사업을 담당하는 팀이었다.

기자 때려치우고도 한동안 '인쇄밥'을 먹으며 살았는데, 그것도 다 그 시절 경험 덕분이다. 그러니까 그 시절 내 아이덴티티를 굳이 따지자면 기자보단 출판기획자에 가까웠고, 김 편집장도 그 맥락에서 연락해왔다.

한번 끌어줘, 이렇게 부탁할게

"송 기자, 그러지 말고 한번 만나. 만나서 얘기하자고. 회사 구경도 하고."

"아 예, 그럼 식사나 한번 하시죠. 하하."

김 편집장을 만나기 전까진 가벼운 마음이었다. 나도 내 나름 인생 플랜이 있거니와, 새해 맞아 마침 목표 몇 가지도 세워놓은 참이었다. 출판기획자라…. 글쎄, 염두에 두지 않았던 가능성이었다.

그저, 오랜만에 연락해준 게 반갑고 내 값어치를 인정해준 거니 그게 고마워 식사나 한 끼 하자는 마음이었다.

부사장실에서 맞이한 김 편집장은 작정한 듯 날 이리저리 끌고 다니며 회사를 소개했다.

"회사가 커지면서 작년에 이 건물을 샀어. 앞으로 이곳에서 자체 콘텐츠 사업도 기획하고, 다양한 문화 사업도 할 거야. 영상 스튜디오도 조성할 거고."

"이야, 진짜 회사 규모가 엄청 나네요."

"송 기자 이 바닥 뜬 게 얼마나 됐다고 했지?"

"기자 그만둔 건 5년 전이고, 출판기획 일은 그 뒤로도 2년 더 했죠."

"요즘은 그때랑 상황이 많이 달라. 지역 회사라고 그 지역 사업에만 입찰하는 게 아냐. 다 전국 단위야. 우리도 서울뿐만 아니라 지역 곳곳에서 용역 사업을 진행해. 내년이면 연매출 100억 넘어서 상장할 수 있을 거 같아."

그런 거까지 난 잘 모르겠고, 제일 혹했던 건 카메라 장비실이었다. 영상 사업까지 하는 회사라 그런지 각종 카메라가 어마어마했다. 입이 쩍 벌어졌다. 아련히 기억났다. 잡지사 다닐 때 한 푼 두 푼 모아 카메라 바디 사고, 렌즈 하나씩 사 모았던 기억 말이다. 그때는 사진에도 관심이 참 많았는데….

"내가 2년 전에 이 회사 왔을 때 직원 15명이었어. 불과 2년 만에

50명으로 늘었어. 폭풍 성장하는 유망 중소기업이라고 생각하면 틀림없어."

"그러게요. 그런 회사에서 굳이 저를 왜?"

얘길 들어보니, 실력 좋은 팀장급 출판기획자 씨가 말랐단다. 특히나 지역 인재는 더 귀하다는 거다. 그렇다고 서울에서 데려다 쓰자니 콧대도 높고, 지역에 대한 이해도 부족하다고 했다.

"어쨌든 콘텐츠 사업의 근간은 출판기획 아니겠나. 근데 출판기획팀 팀장이 계속 공석이야. 그러던 차에 송 기자 소식을 들었어. 내가 왜 진작 송 기자 생각을 못 했나 몰라. 송 기자가 한번 끌어줘. 내가 이렇게 부탁할게."

"…"

월급 500만 원 주면 갈 거냐

난, 흔들렸다. 그래, 분명 재밌었다. 며칠씩 밤새워가며 제안서를 수정하고, 정장 차려입고 깐깐한 심사위원들 앞에서 발표하고, 그렇게 했는데도 입찰에 떨어지면 한동안 울상이었다가, 기대하지도 않았던 또 다른 입찰에 성공했을 땐 사무실을 방방 뛰어다니며 소리 질렀던 기억이 차례로 스쳐 지났다.

그래, 분명 재밌을 거다. 그 시절만큼 체력이 받쳐줄진 모르겠으나, 또 그 시절만큼 머리가 돌아가 줄진 모르겠으나, 내 심장은 두근거릴 게 분명했다.

그에 반해 지금 내 '처지'는 어떤가. 당장 수입은 동년배보다 많지만 불안정한 게 사실이다. '일당쟁이' 노가다꾼이니 말이다. 특히나 요즘 같은 겨울엔 일거리도 많이 없다. 춥기는 또 왜 이렇게 추운지. 가끔은 돈 좀 덜 벌어도 좋으니 따뜻한 사무실에서 일하고 싶다는 생각이 들기도 했다.

능구렁이 같은 김 편집장이 흔들리는 내 눈빛을 포착했다.

"목수 돈 많이 버는 거 알아. 내가 까놓고 송 기자 지금 버는 것보다 많이 준다는 약속은 못 해. 비슷한 수준으로는 맞춰줄 수 있어. 그 정도면 업계 최고 대우야. 그런저런 걸 떠나서 송 기자한테 망치질이 어울린다고 생각해? 누구나 천직이라는 게 있는 거야. 내가 송 기자랑 깊은 관계는 아니었지만, 글쎄 내가 아는 송 기자는 망치보다 펜이 어울리는 사람이야."

"며칠만 고민할 시간을 주세요. 갑작스러운 제안이라서요."

결과적으로 난, 거절의 뜻을 전했다. 처음엔 현실을 고민했다. 김 편집장이 제안한 연봉과 내가 현재 버는 수입을 비교했다. 요즘처럼 일이 많이 없을 땐 오히려 회사 월급이 많을 것도 같았다. 그뿐이랴. 김 편집장은 각종 성과금과 보너스도 약속했다. 퇴직금도 무시할 수 없는 부분이었다. 어느새 난 종이와 펜을 꺼내놓고 열심히 계산기를 두드렸다. 그러다 정신이 번쩍 들었다. 내가 지금 뭐 하는 건가 싶었다. 나한테 물었다.

'그럼 너, 월급 한 500만 원 주면 갈 거냐? 아니, 얼마 주면 갈 수

있냐?'

곰곰이 생각해보니, 날 신나게 만들었던 건 돈이나 명예가 아니었다. 돌이켜보면 언제나 그랬다. 대학 졸업하자마자 기자 일을 시작한 것도 내가 하고 싶은 일을 하면서 행복하게 살고 싶어서였다. 그렇게 시작한 기자 생활을 5년 만에 때려치운 것도 더 이상 즐겁지 않아서였다.

내 인생에서 후회하는 선택이 몇 개 있다. 그중 하나가 서울에 있는 잡지사 취재팀장으로 갔던 거다. 당시엔 더 큰 바닥에서 한번 놀아보자는 각오였다. 막상 올라가 보니 재미없었다. '서울의 잘 나가는 잡지사 취재팀장'이라는 타이틀은 나에게 동력이 되지 못했다. 겉모습은 화려하고 번지르르한데, 어울리지 않는 옷을 입기라도 한 것처럼 영 불편했다. 결국 난 1년 만에 다시 내려왔다.

노가다 일을 시작했을 때도 마찬가지였다. 친한 친구 녀석은 거듭 "네 재능을 썩히는 게 아쉽다"라고 말했다. 그동안 쌓았던 커리어가 아깝지 않느냐고도 물었다. 난 괜찮다고 했다. 언젠가 한번은 목수 일을 해보고 싶었고, 그래서 시작했는데 예상했던 대로 즐겁고 재밌어서 지금 난 무척 행복하다고 얘기해줬다. 진심이다.

내일 걱정은 낼 모레 모두들 미쳐보게

내가 떠드는 말이 누군가에겐 한가한 소리로 들릴지도 모르겠다. 누구는 이렇게 살고 싶어서 살겠느냐고 되물을지도 모를 일이다. 물론, 안다. 나이를 한 살 한 살 먹을수록, 그리하여 책임져야 할 게 많아지면 많아질수록 마냥 '꼴리는 대로'만 살 수 없다는 걸.

그렇지만, 오늘 누릴 수 있는 행복을 내일로 미룬대서, 내일 두 배로 행복해지는 건 아닐 게다. 우리가 진짜로 미뤄야 하는 건 오늘의 행복이 아니라, 내일 벌어질지 안 벌어질지 모를 일에 대한 걱정이 아닐까. 그래서 난, 더 열심히 '꼴리는 대로' 살아보기로 했다. 내가 낼 수 있는 최대한의 에너지로, 하고 싶은 일을 마구마구 하면서 말이다. 싸이가 부른 〈챔피언〉 가사처럼 "내일 걱정은 낼모레" 아니, 내일 모레 글피로 미뤄놓고.

잠시 들떠 중요한 걸 놓쳤구나 싶었다. 열심히 끄적이던 종이를 박박 찢어버렸다. 다시 나에게 물었다. 2년 전 친구에게 했던 대답, 여전히 유효하냐고. 그러니까, 네놈, 지금 행복하냔 말이다. 난 1초의 망설임도 없이 대답했다.

'그래 인마! 행복하다! 공부 안 하면 더울 때 더운 데서 일하고 추울 때 추운 데서 일한다길래, 그런 삶이 불행한 줄 알았더니 아니더라. 더울 때 더운 데서 일하고 추울 때 추운 데서 일해서 힘들어죽겠지만, 그래도 행복하다!'

정말 그렇다. 이제 노가다 5년 차인데, 여전히 하루하루가 즐겁다. 하면 할수록 알게 되고, 알면 알수록 보이게 되고, 보이니까 자꾸 묻게 된다. 그래서 이따금 "넌 아직도 그걸 모르냐?"라는 핀잔도 듣는다. 그럼 좀 어떠랴. 그렇게 자꾸 묻고 물어 머리가 아닌 몸으로 익히는 과정이 가슴 벅차게 기쁜 걸. 2500년 전 공자님도 말씀하셨다. "배우고 때때로 익히니 기쁘지 아니한가!"

"안녕하세요. 좋은 제안을 해주셨는데 거절해야 할 것 같아서요. 고민을 깊게 했는데, 조금은 더 망치질을 하면서 살까 합니다. 이런 말씀을 드려서 죄송하고, 감사드립니다. 언젠가 또 좋은 인연이 닿길 기대하겠습니다. 날이 많이 춥습니다. 가정의 평안을 기원합니다. 새해 복 많이 받으세요."

난, 내가 할 수 있는 예의를 최대한 갖춰 김 편집장에게 문자를 보냈다. 그러고는 깊은 안도의 한숨을 내쉬었다. 휴~ 하마터면 다시 회사로 돌아갈 뻔했네!

멋없는 어른 되기

노가다 하면서 생긴 습관이 있다. 수시로 일기예보를 본다.

뭔 놈의 비야 또! 아이씨

노가다꾼이 일기예보를 본다는 건 단순하게 '해, 구름, 비' 날씨 아이콘을 보는 게 아니다. 특히나 요즘 젊은 노가다꾼들은 일기예보를 거의 '분석'한다.

우선, 동이나 면 단위로 구역을 세분화하고, 시간 단위로 강수 확률과 강수량을 체크한다. 몸이 기억하는 데이터베이스가 있기 때문에 내일 아침 6시 강수 확률이 60퍼센트고 강수량이 1~4밀리미터면 대략 이 정도 비가 오겠구나, 가늠한다. 여름 장마철이나 태풍이 잦은 시기엔 기상청 홈페이지에 들어가 시간대별 구름의 이동 경로까지 파악한다. 나도 이건 동생들한테 배웠다.

"야 너 지금 뭘 보는 거냐? 니가 무슨 기상캐스터야? 그렇게 구름이 둥둥 떠다니는 거 본다고 니가 뭘 알아? 하하하."

"형님, 이거 잘 보세요. 이 재생 버튼 누르면 시간대별로 구름이 이동하는 걸 볼 수 있어요. 이 구름 색깔과 이동 속도, 경로를 계속 보다 보면 대충 감이 온다니까요. 헤헤."

그렇게까지 집요하게 날씨를 파악하는 이유는 물론 다음 날 출근 여부 때문이다. 일용직 노가다꾼에게 비나 눈이 온다는 건, 직장인처럼 출퇴근길이 좀 혼잡하다거나, 우산을 챙겨야 해서 번거롭다거나 하는 수준의 문제가 아니다. 일당 20만 원, 다시 말해 생계가 달린 문제다. 나 또한 상황이 다를 리 없는 터라, 일기예보에 비나 눈이 잡혀 있으면 썩 달갑지 않다. 며칠 전처럼 말이다.

여느 때처럼 자려고 누워 일기예보를 봤다. 비가 잡혀 있었다. 평소 같으면 "잘됐네, 까짓거 하루 쉬지 뭐" 하고 말았을 텐데, 1월 2월에 일을 많이 못 했다. 특히나 2월은 설 연휴에다가 공사 일정까지 안 맞아 거의 놀다시피 했다. 하루라도 더 일해야 할 판에 비라니! 괜히 성질이 났다. "뭔 놈의 비야 또! 아이씨, 이번 달 완전 꽝이네." 그러고는 잠시 정적. 난 혼자 괜히 민망해 웃음을 터트렸다. '이 쉐끼 이거 어른이 다 됐네….'

내가 사는 지역은 자연재해가 없기로 유명하다. 2004년 3월 5일 폭설을 우리 지역민이 더 특별하게 기억하는 이유다. 그 이전에도, 그 이후에도 경험하지 못했다. 그 정도 폭설은.

당시 난 고등학생이었다. 오전부터 눈이 쏟아지기 시작했다. 도로가 마비됐다는 소식에 이어 버스를 비롯한 모든 교통수단이 멈췄다는 소식까지 전해졌다. 그러더니 오후 2~3시쯤 즉시 귀가하라는 안내 방송이 흘러나왔다.

도로가 마비됐건 말건, 버스가 끊겨 무릎까지 쌓인 눈을 헤집으며 집까지 걸어가야 하건 말건, 우린 환호성을 질렀다. 갑작스러운 귀가 통보가 우선 반가웠다. 온 세상을 뒤덮은 눈이 마냥 설렜다. 버스가 끊겼으니 해 떨어지기 전에 서둘러 걸어가라는 선생님 당부는 안중에도 없었다.

우리는 학교 밖으로 뛰어나가 미친놈처럼 눈밭을 굴렀다. 손 시린 것도 잊은 채 눈덩이를 뭉쳐 서로 얼굴에 뭉갰다. 어떤 놈은 교실에서 쓰레받기를 가져와 눈을 흩뿌리고, 어떤 놈은 양동이를 가져와 눈사람 만들겠다며 설쳤다. 그렇게 한참 시간 가는 줄 모르고 뛰어다녔다. 돌이켜보면 학업에 많이 지쳤던 시기였다. 어쩌면 그래서 더 미쳐 날뛰었는지도 모른다. 해방감 같은 거.

사실은, 그래서 좀 놀랐다고 해야 하나. 사건 하나를 놓고도 이렇게나 인상과 감정이 다를 수 있다는 것에 말이다. 지난 1월 어느 날이었다. 함박눈이 갑자기 쏟아졌다. 작업이 불가능했다. 다들 연장 챙겨 사무실로 돌아왔다. 따뜻한 커피를 마시며 몸을 녹이던 참이었다. A 형님이 운을 뗐다.

"그때 생각난다. 2004년. 내가 살다 살다 그렇게 눈 많이 내리는 건 처음 봤다. 대단했지 정말."

"기억나요. 대단했죠, 정말. 그때 저는 고딩이었잖아요. 하하하."

"그랬냐? 아휴 이 쬐만한 놈. 그때도 난 망치질했었는데, 도로가 다 마비돼서 차 끌고 집 가는데 진짜 죽는 줄 알았다. 도로뿐이냐? 현장도 다 마비였지. 한 일주일은 쉬었을걸? 얼마나 짜증 나던지."

A 형님을 시작으로 저마다 그날 기억을 끄집어냈다. 그날 자신이 얼마나 고생했는지, 얼마나 짜증 났는지에 대한 기억들.

저렇게 살지 말아야지 했는데

20대만 해도 눈을 보면 설렜다. 첫눈이 내리면 지나간 옛사람이 떠오르곤 했다. 혹시 연락이 오진 않을까, 핸드폰을 만지작거리기도 했다. 크리스마스이브 땐 은근히 화이트 크리스마스를 기대했던 것도 같다. 그즈음이면 괜히 〈화이트크리스마스White Christmas〉를 듣기도 했다. "I'm dreaming of a White Christmas"로 시작하는 그 노래.

그보다 어렸을 땐 눈사람도 곧잘 만들었다. 갑작스레 눈이 내리는 날이면 애인 집 앞으로 찾아갔다. 눈사람 만들자고. 어쨌거나 눈을 보면 심장이 콩닥거리던 시절이 나에게도 있었다. 기대감이었던 거 같다. 돌발적인 이벤트가 생기진 않을까 하는 기대감.

비는 또 어떻고. 비 오는 날에는 드라이브를 즐겼다. 습한 바깥 공기와 건조하고 메마른 차 안 공기, 유리창을 사이에 둔 그 완벽한 대비가 묘한 안도감을 줬다. 차 안에 흐르는 잔잔한 음악과 유리창을 두드리는 빗소리도 분위기를 더했다. 그렇게 도착한 어느 한적한 숲길을 산책하는 것도 좋아했다.

비 오는 날 숲 냄새는 그 나름 매력이 있다. 산책하다가 비가 오는 듯 마는 듯하면 과감히 우산을 접었다. 울창한 나뭇잎 사이사이로 떨어지는 빗방울 정도는 아무렴 어떻냐는 마음으로. 적당히 산책 즐기고 근처 조용한 카페로 갔다. 이왕이면 온풍기보다 난로가 있는 곳으로 말이다. 난로 옆에서 살짝 젖은 옷을 말리며 마시는 진한 아메리카노 맛이란.

비가 내릴 거라는 일기예보에 "오랜만에 드라이브나 다녀올까"라고 말하던 시절이 나에게도 있었다. 이제는 "뭔 놈의 비야 또! 아이씨, 이번 달 완전 꽝이네"라는 말밖에 할 줄 모르는 멋없는 어른이 되어버렸다.

2004년 그날처럼 다시 폭설이 내린다면 나는 어떤 감정과 기분으로 하루를 보낼까. 불평과 짜증으로 그날을 기억하는 형님들처럼 차가 막힌다는 둥 일을 못 하게 됐다는 둥 구시렁구시렁하며 하루를 보내겠지. 적어도 그때 그 시절처럼 환호성을 지르고 눈밭을 구르진 않겠지.

며칠 전 일기예보를 보다가 혼자 웃음 터트렸던 건 아마도 그래서였던 거 같다. 지나간 세월이 야속하고, 멋없게 나이 드는 내 모습이 민망해서.

친구 결혼식에 가면 고등학교 졸업하고 처음 보는 동창도 만난다. 개중에는 행동, 말투, 생각까지 완전 아저씨가 되어버린 녀석도 있다. 그런 녀석을 볼 때마다 저렇게 살지 말아야지 했는데, 그렇게 산다. 지금, 내가. 철들고 싶지 않았는데….

양아치 선언

히로시   눈금 표시하기, 영어로는 Marking. "표시, 증거"라는
뜻의 일본어 しるし [시루시]에서 파생.

행위의 기준

형틀목수 일을 시작한 지 얼마 안 됐을 때다. 합판 위에 줄자를
쭉 늘인 형님이 이렇게 말했다.

"야! 거기 42센치에 '히로시' 해봐."

"네에? 히로시요?"

"아잇! 연필로 거기 42센치에 표시하라고! 잘라야 되니까."

형틀목수 또한 집 짓는 사람이다 보니 치수에 민감하다. 내장목

수처럼 0.1~0.2밀리미터 갖고 엄격하게 따지진 않지만, 설계도면을 꼭 확인하고, 그것에 맞게 합판을 켜거나 각재를 자른다. 이때 기준이 되는 게 히로시다.

이런 식이다. 히로시를 기준으로 스킬(원형톱)을 합판에 갖다 댄다. 양손으로 스킬을 단단히 고정한다. 버튼을 눌러 톱날이 돌기 시작하면 그대로 쭉 밀고 나간다. 예외는 없다. 어쩌다 각재를 대충 잘라도 될 때, 히로시 안 하고 스킬을 들면 형님들이 "이놈 이쉐끼 이거 벌써 겉 넘어서 히로시도 안 하네!"라고 소리친다.

그만큼 목수에게 히로시는 모든 작업의 기본이자 기준이라 할 수 있다. 이 히로시와 관련해 중요한 원칙이 하나 있다. 그 얘길 해보려는 참이다.

며칠 전이었다. 급한 마음에 다른 사람이 히로시 해놓은 걸 기준으로 삼았다. 같이 일하던 형님이 버럭 화를 냈다.

"이놈 또 그러네. 너 빨간 색연필 쓰지?"

"아! 네⋯."

"그 파란색 히로시는 누구 건데?"

"아까 작업반장님이 히로시 해주셔서."

"너 그 파란색 히로시만 믿고 작업했다가 잘못되면 작업반장한테 가서 따질래? 설령 원청 소장이 히로시 해놓은 거라도 믿지 마. 내 줄자로 치수 재서 내 연필로 내가 히로시한 것만 믿는다! 그렇게 작업한 것에 대한 책임 또한 내가 진다! 그게 목수의 기본 원칙이여."

그 순간, 나는 깨달았다. 지난 1년여간 나를 괴롭혔던 게 무엇이 었는지 말이다.

스텝이 꼬이기 시작한 건 지난해 3월이었다. 노동에세이 《노가 다 칸타빌레》라는 책을 냈다. SNS 친구가 대폭 늘었다. 여기저기 서 인터뷰 요청이 오고, 연재 제안을 받았다. 분에 넘치게 감사한 일이었다. 그 정도에서 끝났어야 했다. 그 책이 문학나눔도서로 선 정되더니만, 급기야 드라마 제작까지 하게 됐다. 그러는 사이 다 니는 곳마다 '작가님'이라고 칭해주니, 내가 무슨 공인이라도 되는 듯 착각했던 거 같다.

남들은 내가 어떻게 살든 관심도 없을 텐데, '작가 놀이'에 빠져 예의 바른 청년인 것처럼 성숙한 어른인 것처럼 행동했다. 남들은 나에게 어떤 것도 기대하지 않는데 나 혼자 괜히 주변의 기대를 충 족시켜야만 하는 사람처럼, 그들에게 인정받아야만 하는 사람처 럼 아등바등했다. 말하자면 다른 사람이 히로시 해놓은 걸 기준 삼 아 스킬을 밀고 있었다.

"내 줄자로 치수 재서 내 연필로 내가 히로시한 것만 믿는다!"라 던 형님 말을 듣는 순간 번쩍 정신이 든 건, 그래서였다. 지난 1년 여간 내가 왜 그렇게 힘들고 괴로웠는지, 왜 늘 체한 것처럼 속이 불편하고 무거웠는지, 비로소 깨달은 거다.

그 이전까지, 난 늘 제멋대로 살아왔다. 내 삶의 히로시는 언제나 내가 결정했고, 누가 뭐라 하든 내 히로시를 기준으로 밀고 나갔다. 그 일이 잘되든 잘못 되든 누구를 탓하거나 원망하지 않았다. 않으려고 노력했다. 다니던 직장을 때려치우고 서울로 갈 때도, 영영 내려오지 않을 것처럼 올라갔던 서울 생활을 1년 만에 정리하고 내려왔을 때도, 그러다 또 불쑥 노가다판에 발을 디딜 때도 오직 내가 결정했고, 그 결과 또한 온전히 내가 감당했다.

양아치 예찬

그런 삶이었다. 부모, 형제, 배우자, 애인, 친구, 동료 누구의 히로시도 아닌 오직 나의 히로시를 기준으로 스킬을 밀어왔던 삶. 글 쓰는 게 좋았고, 망치질이 즐거웠고, 망치질하는 이야기를 글로 쓸 때 제일 행복했다. 그 과정에서 우연히 책을 한 권 냈을 뿐이다. 단지, 그것뿐이었는데 말이다.

양아치의 욕망은 비루하고, 개인주의는 생존 방식에 불과하며, '후까시'는 상위 문화에 대한 열등감의 발로라 비웃을 수도 있다. 경쟁 체제에서 낙오된 자들이 위안을 얻으려는 것일 뿐이라고 폄훼할 수도 있고. 그러나 삼류 인생으로 취급받던 라이프 스타일이 이런 식으로 가치 전복되어 환호받는다는 건, 그만큼 그 대척

점에서 오랜 세월 이 땅을 지배해왔던 주류적 가치에, 이 사회가 이제는 지칠 만큼 지쳤다는 증거에 다름 아닙니다. 엄숙주의, 집단주의, 도덕주의……. (중략)

이제 양아치가 돼라. 개인과 조직 사이에서 갈등할 때, 가장 기본적인 기준은 언제나 그렇게 자신의 욕망에 충실하며 비장하지 않은 독립군인 채로, 당신 자신이어야 한다.

《건투를 빈다》(김어준, 푸른숲, 2008, 165쪽)

이제 다시, 원래의 나로 돌아가려 한다. '작가' 송주홍이 아닌, 나의 욕망을 히로시로 삼았던 '송주홍'으로. 오늘부로 나는 양아치임을 선언한다.

폭염에 점퍼를 입은 남자

기가 막힌 사진을 한 장 봤다. 유난히 덥던 7월 30일, 고용노동부 장관이 건설 현장에 방문한 모양이다.

우리는 온몸으로 땀을 싼다

사진 속 장관은 셔츠에 점퍼까지 껴입었다. 폭염으로 지친 노동자가 걱정돼서 왔다는 장관이 점퍼 차림이라니. 상상해보라. 나는 더워서 땀이 줄줄 흐르고 머리가 핑핑 도는데, 옆에서 "더우시죠? 걱정돼서 왔습니다"라고 말하는 사람이 점퍼를 껴입었다고. '이 사람이 지금 날 놀리나?' 싶을 거다.

비로소 이해가 갔다. 아, 이게 고용노동부 인식 수준이구나. 건설 현장이 얼마나 더운지, 그 현장에서 일하는 노동자가 얼마나 괴로워하는지, 전혀 모르는 거 같았다. 그 고통에 공감하지 못하니까 폭염에 점퍼 껴입고 현장을 방문하는 장관 복장에 아무도 문제의식을 못 느끼는 거다. 장관으로서 격식을 갖춰 입은 거라는 핑계는 사양한다. 그보다 우선해야 하는 건 상대에 대한 최소한의 공감과 배려다.

고용노동부 인식 수준을 보니 내년 여름에도 몇 사람 죽어 나가겠구나 싶었다. 에어컨도 겨울에 미리 사두는 거라고 배웠다. 그래서 이 글을 장관에게 띄우기로 했다. 내년엔 제발 제대로 된 폭염 대책을 마련해주길 바라는 마음을 꾹꾹 눌러 담아.

우선은 고용노동부에 알려줘야겠다. 우리가 얼마나 고통스러워하는지. 이 글을 쓰는 오늘도 최고기온 35도에서 망치질을 하고 온 사람의 리얼 후기랄까.

아침 7시, 연장을 챙겨 현장으로 갔다. 일을 시작하기 전인데도 땀이 줄줄 흘렀다. 오늘도 장난 아니겠구나. 시작하자마자, 20킬로그램이 넘는 무거운 자재를 쉴 새 없이 들었다. 망치질도 수천 번을 했다. 고개를 숙이는데 머리, 이마, 얼굴에 흐르던 땀이 빗방울처럼 '툭툭툭' 떨어졌다. 온몸이 이미 땀범벅이었다. 시계를 봤다. 이제 겨우 오전 10시였다.

해가 뜨기 시작하면 습도도 함께 오른다. 이때부턴 숨 쉬는 것도 괴롭다. 사무실에서 일하는 사람도 알 거다. 오전 내내 시원한 에

어컨 밑에서 일하다 점심 먹으러 밖으로 나왔을 때 숨이 '커컥' 막히는 느낌. 그 느낌이 종일 이어진다. 정오에 가까워지면 콘크리트 바닥도 뜨겁다. 잠깐만 서 있어도 발바닥이 후끈후끈해진다. 두꺼운 안전화를 신었는데도 그렇다. 당장이라도 안전화가 녹아 바닥에 '쩌-억, 쩌-억' 달라붙을 것 같다.

오후에는 체감온도가 40도 이상 올라간다. 하늘에서 내리꽂는 직사광선에, 콘크리트 바닥에서 튕겨 나오는 반사열, 거기에 온몸에서 뿜는 체열까지 더해지니, 그럴 만도 하다. 온몸이 불덩이다.

오후 2시부터 절정이다. 머리가 핑핑 돈다. 속이 울렁울렁한다. 상대적으로 젊고 건강한 내가 이 정도니, 나이 많고 혈압 높은 형님들은 오죽할까 싶다. 실제로도 어지럼증과 탈수로 쓰러지는 사람이 비일비재하다.

오후 3시쯤이면 속옷까지 땀으로 흠뻑 젖는다. 우리에게 땀이라는 건 송골송골 맺혔다든가, 주룩주룩 흘렀다든가, 혹은 왕창 쏟았다 수준이 아니다. 우리는 땀을 온몸으로 '싼다'. 그래서 퇴근 무렵이면 다들 옷이 허옇다. 땀으로 흠뻑 젖은 옷이 종일 마르고 젖고 마르길 반복해 '소금꽃'이 핀다.

오후 5시, 드디어 퇴근이다. 일했다기보다는 오늘도 겨우 버텼다는 생각뿐이다. 이렇듯 우리에게 여름이란 그저 버틸 수밖에 없는 지옥이다. 그냥 지옥 말고 불지옥.

이런 상황에 고용노동부는 '열사병 예방 3대 기본수칙(물, 그늘, 휴식)'만 강조한다. 한마디로 더우면 물 마시고 그늘에서 쉬란 소리다. 세상에나. 그걸 모를까 봐서. 네 살짜리 조카도 알겠다.

하나 마나 한 소리를 대책이라고 강조하는 것도 황당하지만, 더 힘 빠지는 건 따로 있다. 장관은 점퍼를 입고 현장에 와서는 "수칙을 철저히 준수하여줄 것을 당부"했다. 고용노동부에 묻고 싶다. 권고, 지도, 당부만으로 그 수칙이 지켜질 거라고 믿는 건가? 그렇게 믿는다면 '노가다판'을 너무 순수하게 보는 거다.

지금도 수많은 원청과 하청에서 벌금을 감안하고 범법 공사를 묵인하고 동조한다. 왜? 그렇게 해서 생기는 이득이 벌금으로 나갈 손실보다 훨씬 크니까. 중대재해처벌법이 왜 만들어졌는데. 가벼운 벌금으로는 해결이 안 되니까 더 엄하게 처벌하겠다고 만든 거 아닌가. 물론, 산업안전보건법에 폭염 관련 규정이 몇몇 있긴 하다. 그럼 뭐하나. 아무도 안 지키는데.

원청과 일정 협의해서 미리 세팅된 현장에 가지 말고, 기습적으로 아무 현장이나 한번 가보시라. 도대체 어디에 그늘이 있는지. 그늘에서 쉬고 싶어도 그늘막이 없다. 있어 봐야 그 넓은 현장에 한두 곳뿐이다. 현실적으로 그 먼 곳까지 왔다 갔다 할 수 없다. 그러니 그냥 뙤약볕에서 잠시 숨 돌리고 만다.

수칙 가운데 '폭염 시 매시간 15분 이상 휴식'이라는 조항도 현실성이 없긴 마찬가지다. 목수 일당이 평균 20만 원 안팎이다. 시급으로 따지면 2만 5000원도 넘는다. 매시간 15분 쉬려면 하루에 2시간은 쉬어야 한다는 얘기다. 하청 입장에서 보면 목수 한 명당 하루 5만 원씩 손해다. 큰 현장은 목수가 100명도 넘는다. 하루면 500만 원이고, 한 달(25일)이면 1억 원이 넘는 돈이다. A 하청에서 현장 열 곳을 관리한다 치면 한 달에 10억 원 이상 손해다. 이런 마당에 어떤 하청 소장이 낭만적으로 매시간 15분 쉬게 해주겠냐는 말이다.

하청 소장도 우리에게 대놓고 얘기한다. 금전적 손실에 대한 지원 없이 예방수칙만 강요하기 때문에 지킬 수 없다고. 그러니 양해해달란다. 정 더우면 적당히 알아서 담배 한 대씩 피우고, 물 한잔씩 마시면서 일하란다.

이게 현실이다. 강제성 없는 수칙은 동화에서나 가능하다. 내년 여름엔 또 몇 명이나 죽어 나갈지, 벌써 걱정이다.

글쓰기가 노가다만 같았으면

슬럼프다. 도통 글이 안 써진다. 퇴근하면 보통 두세 시간가량 컴퓨터 앞에 앉는다. 그 시간 동안 어떤 날은 겨우 서너 줄 쓴다. 그러니 글 한 편 완성하기까지 짧으면 일주일, 길면 보름이 넘게 걸린다. 그렇게 마감에 쫓겨 '에라 모르겠다' 하는 심정으로 보낸 원고가 하나, 둘, 셋, 넷…. 셀 수 없다. 그러길 벌써 몇 달째다. 그래놓고 후회한다. 휴, 이럴 거면 그냥 한 번 건너뛴다고 할 걸. 자책과 부끄러움이 머릿속에 가득하다.

시급으로 따지면 이게 도대체 얼마야

어느 날에는 문득 기자 때가 떠올랐다. 20대였다. 그때는 하루

노가다
가라사대

에 기사 두세 개도 뚝딱뚝딱 썼다. 마감한다고 며칠씩 밤새도 머리가 맑았다. 그때보다 체력이 달려서 그런가? 집중력이 떨어지나? 괜히 그런 생각이 들어 운동을 시작했다. 퇴근하고 한 시간씩 뛰었다. 확실히 컨디션이 좋아졌다. 근데! 머리는 여전히 머-엉했다.

며칠 전에도 그랬다. 두 시간쯤 무언가를 열심히 쓰고 지우고, 쓰고 지우고, 또 썼다. 정신 차리고 보니 두 줄도 안 됐다. 허탈했다. 두 시간 동안 도대체 뭘 한 거지? 아무리 좋아서 하는 거라지만, 이건 너무 비효율적인 거 아닌가? 하루에 두 시간씩만 따져도 평균 스무 시간을 꼬박 투자해야 글 한 편 마무리한단 얘기다. 시급으로 따지면 이게 도대체 얼마야? 그렇게 긴 시간 동안 붙든 글도 언제나, 늘, 항상, 형편없었다. 휴-우.

그동안 나 나름대로 열심히 읽었다. 열심히 썼다. 또 열심히 쓴다. 무얼 더 얼마나 해야 하는 걸까. 왜 난 늘 제자리걸음인 걸까. 아니, 점점 퇴보하는 느낌일까. 이 정도면 재능이 없다고 봐야 하는 거 아닐까.

다음 날이 밝았다. 우울함과 피로가 온몸을 휘감았다. 그건 그거고, 이건 이거니까. 현장에 나갔다. 잡생각도 떨쳐낼 겸 평소보다 더 열심히 망치를 두드렸다. 그런 내 모습 지켜보던 A 형님이 이렇게 말했다.

"주홍이는 참 손 빨러어~. 벌써 이만큼 혔어? 젊어서 그런가? 나는 아직 요만큼밖에 못 했는데. 천천히 혀~ 비교되잖어~."

"아휴, 형님도 별말씀을. 형님은 무거운 거 나르면서 하시니까, 제가 쬐금 빠른 거죠. 아무렴 제가 기술로 형님을 따라가겠어요. 하하하."

으쓱한 기분으로 다시 망치질을 하다가 이런 생각이 들었다. 글쓰기가 노가다만 같았으면 얼마나 좋을까. 노가다는 내가 경험해본 일 가운데 인풋 대비 아웃풋이 가장 명확하다. 예를 들어, 합판을 나른다 쳐보자. 한 시간 부지런을 떨면 100장 나르는 거고, 반장 눈치 슬슬 봐가며 '삐대면' 50장밖에 못 나른다.

내 몸을 움직인 만큼 그렇게 흘린 땀방울의 양만큼, 딱 그만큼 결과가 나온다. 그러니 일하면서 누굴 탓하거나 원망하거나 변명할 수도 없다. 그러니 스트레스 받을 이유도 없다. 내가 열심히 일한 걸 증명받기 위해 윗사람에게 아부할 필요도 없다. 묵묵히 땀 흘리면 어련히 인정해주고 일당 올려준다. 참으로 담백하다.

로또 같은 인생을 바라는 것도 아닌데

하긴, 뜻대로 되지 않는 게 어디 글쓰기뿐이랴. 노가다처럼 계획한 대로 예상한 대로만 인생이 흘러가 준다면, 그런 보장만 확실히 된다면 뼈라도 갈아 넣을 텐데. 대체로 그렇듯 땀방울이 꼭 최상의 결과로 이어지진 않는다. 그렇다고 무슨 로또 같은 인생을 바라는 것도 아니다. 그저 열심히 한 만큼 딱 그만큼의 결과를 바라는 건데, 그마저도 쉽지 않다.

우리 부모님만 봐도 그렇다. 엄마와 아부지는 내가 아는 모든 사람 가운데 가장 성실하다. 근데도 형편은 그대로다. 70세를 바라보는 아부지는 여전히 길바닥에서 장사하고, 환갑이 넘은 엄마는 지금도 병원에서 청소한다. 땀방울의 결과가 꼭 돈일 필요는 없지만, 어쨌든 그렇게 성실히 살았는데도 두 사람에게 남은 건 융자 잔뜩 낀 자그마한 아파트 한 채가 전부다.

답답한 마음에 최근, 멘토를 찾아갔다. 기자 시절 잡지사 국장이다.

"국장님, 잘 지내셨죠? 글이 안 써져요. 고민해볼 거리가 있는 글을 쓰고 싶은데, 결과물은 늘 철부지가 쓴 유치한 에세이 같아요. 제가 제 글을 읽다 보면 도대체 뭘 말하려는 거지? 이런 글이 의미가 있나? 싶을 때가 많아요."

국장도 내 나이에 비슷한 고민을 했다면서 이렇게 답해줬다.

"글 쓴 지 이제 한 10년 됐지? 그러니까 네 수준이 눈에 보이는 거고. 그러면 된 거야. 깊어지려고 애쓰지 마. 애쓴다고 되는 것도 아니고. 시간이 해결해줄 거야. 나이가 40쯤 넘어가고, 경험이 쌓이고, 세상을 보는 시야가 넓어지다 보면 자연스럽게 깊어질 거야. 지금은 그냥 네 나이에 할 수 있는 이야기를 하면 돼."

그래, 맞는 말씀이다. 최선을 다하다 보면 시간이 해결해주겠지. 최선을 다했는데도 결국 뜻대로 안 되면? 뭐 그럼 또 어떠랴. 최선을 다했으면 된 거지.

그런 마음으로, 오늘도 난 졸린 눈 비비며 자판을 두드린다.

'대학 따위'라고 말할 수 있는 세상

제 잘난 맛에 살던 때가 있었다. 또래 친구들보다 많은 책을 읽어 제법 똑똑하다고, 기자 하며 여러 사람을 만나고 다양한 사회를 보고 들어 경험도 풍부하다고 자만했었다. 그게 대단한 착각이었다는 걸 노가다판 와서 깨달았다.

121,300원

초등학교만 나온 형님들이 무심하게 던지는 한마디, 몸으로 보여주는 담담한 태도에서 나는 자주 삶을 배운다. 그럴 때면 가끔 이런 생각이 든다. 굳이 대학을 다녔어야 했나?

스무 살부터 스물다섯 살까지 대학 울타리에 갇혀 있었다. 그렇다고 대학에서 무슨 대단한 걸 배웠냐 하면 그것도 아니다. 기억나는 거라고는 우리나라 최초 근대 장편소설이 이광수 《무정》이라는 것. 그리고 음… 자주 가던 학교 앞 분식점. 그러고 보니 분식점 이름이 '오늘 뭐 먹지?'였다. 기억난다! 그 집 '왕돈'과 '불백'이 맛있었지!

이효석의 〈메밀꽃 필 무렵〉에 "흐뭇한 달빛에 숨이 막힐 지경이다"라는 문장이 나오는데, 여기서 '흐뭇한 달빛'이 시적 허용이라는 걸 배웠지. 달빛은 흐뭇할 수 없으니까. 그리고 첫사랑과 함께 거닐던 캠퍼스 벚꽃길이 아름다웠지. 지금은 어디서 뭐 하며 살려나?

대학에서 배운 거라고는 이게 전부다. 남들은 내가 기자도 했고 여전히 글 쓰며 사니까 국문과도 원해서 간 거라고 생각하지만, 그건 아니었다. 어릴 때부터 책을 많이 읽어 상대적으로 언어 점수'만' 나쁘지 않았다. 다른 과목 점수는 형편없었다. 내 수능점수를 보고 담임 선생님이 "국문과 갈래? 문창과 갈래?" 물었다. 어쩐지 국문과가 더 좋을 거 같아 "국문과 갈게요" 했다. 그뿐이었다.

물론, 학창 시절에도 글 쓰는 걸 좋아하긴 했다. 그렇다고 진지하게 작가를 꿈꾼 적은 없다. 더욱이 기자가 될 거라고는 상상도 안 했다. 삶에 관한 진지한 고민, 거창한 꿈과 계획 같은 거, 없었단 얘기다. 공부 열심히 해서 대학 가는 것만이 정답인 세상이었다. 꿈은 대학 가서 고민하라고 꾸짖던 분위기였다. 그러니 무슨 흥미와 애정 갖고 《무정》을 읽겠냐는 말이다.

원해서 대학에 간 것도 아닌데 지금도 매월 12만 1300원이 통장에서 빠져나간다. 학자금 대출 원금과 이자다. 앞으로 3년을 더 갚아야 끝난다. 문자를 받을 때마다 생각한다. 뭐 한다고 빚까지 져가며 그 귀한 시간을 꼬라박았을까.

그럼에도 불구하고 세상은

살다 보면 인장처럼 뇌리에 콕 박혀 잊을 수 없는 장면이 있다. 나에겐 고등학교 3학년 때 야자(야간자율학습) 시작하기 직전 풍경이 그랬다.

내 자리는 창가였다. 저녁 먹고 야자 하려고 앉아 있으면 창문 너머로 해가 뉘엿뉘엿 지곤 했다. 그 풍경을 볼 때마다 어김없이 슬펐다. 눈물이 날 것 같은 날도 있었다. 아름답고 신비로운 자연 앞에서 고작 영어 단어나 외우는 내 모습이 한없이 초라해 보였다. 그 부질없음을 견딜 수 없었다.

그럼에도 불구하고 그때로 돌아가라면 나는 아마 같은 선택했을 거 같다. '지잡대' 나왔다는 이유만으로 겪었던 부당한 대우를 나는 지금도 생생히 기억한다. 요즘도 내가 무슨 글 쓰면 "노가다 꾼 주제에…"라고 말하는 사람이 2만 7200명쯤은 된다.

여전히 그런 세상이다. '탈학교 청소년=비행 청소년'으로 보는 시선도 여전하고, 대학 졸업장에 따라 누릴 수 있는 편안함과 안락

함이 여전히 다른 세상이다. 이런 세상에서 "제가 살아보니 공부 열심히 해서 대학 가는 것만이 정답은 아닙니다. 여러분! 대학 안 가셔도 됩니다!"라고 얘기하는 게 얼마나 무책임한지도 잘 안다.

그래서 차마 그런 얘긴 못 하겠다. 그저 상상만 해본다. 사랑하는 애인과 노을 지는 강가에 손 꼭 잡고 앉아, 이어폰 나눠 끼고 이문세의 〈붉은 노을〉을 들으며 "난 너를 사랑해. 이 세상은 너뿐이야" 하고 소리칠 수 있는 그런 세상 말이다. 그 순간이 너무 찬란하고 아름다워서 울 수 있는 그런 세상을. 붉은 노을을 교실에 앉아 볼 수밖에 없어서, 그게 슬퍼서 우는 세상 말고.

언제가 될지는 모르겠으나, 그런 세상에서 아이들이 마음껏 청춘을 즐기고 사랑했으면 좋겠다. 아, 요즘 아이들은 빅뱅의 〈붉은 노을〉을 들으려나?

니가 싼 똥 니가 치워!

오사마리 하던 작업을 마무리하는 일. "수습, 안정"이라는 뜻의
일본어 'おさまり[오싸마리]'에서 파생했다.

결과에 대한 책임

노가다 용어 가운데 '오사마리'라는 말이 있다. 현장에서는 통상
'마무리 짓다' 정도의 의미로 쓴다. 주로 작업반장이 인부들에게
작업을 지시할 때 이 말을 쓴다.

"어이~ 김 씨. 여기 오사마리하고, 101동 뒤쪽으로 넘어오슈~.
먼저 가서 청소할 테니까."

오사마리라는 단어가 형틀목수에겐 조금 더 무게감 있는 단어

다. 어째서 그런지 설명하려면 형틀목수가 어떤 일을 하는지부터 얘기해야 하는데, 그걸 일일이 말하자면 재미가 겁나게 없다. 그냥 이렇게 가정해보자.

지금부터 형틀목수는 모래성을 쌓는 사람이다. 작업 특성상, 모래성을 열 번 쌓으면 보통 한두 번은 무너진다. 형틀목수 일이라는 게 실제로 그렇다. 하청에서도 그 정도 사고는 늘 염두에 둔다.

그렇게 모래성이 무너지면 한마디로 다 된 밥에 재 뿌리는 거다. 모래성 쌓기까지 쏟은 형틀목수팀의 수고, 다시 말해 시간과 돈이 사라지는 순간이다. 그걸로 끝나는 게 아니다. 무너진 모래를 수습하고 다시 쌓기까지 시간과 인건비가 두 배 세 배 깨진다.

그런다고 형틀목수팀이 금전적으로 배상하는 건 아니지만, 도의적인 책임과 쪽팔림을 피할 순 없다. 자신들이 일 못 한다는 걸 만천하에 드러내는 꼴이니 말이다.

그나마도 그 정도로 끝나면 다행이다. 통상적인 확률 이상으로 빈번하게 모래성을 무너뜨릴 경우에는 현장에서 쫓겨나기도 한다. 하청 입장에서는 손해를 감수하며 일 못하는 팀을 계속 안고 갈 순 없는 노릇인지라.

이런 맥락에서 형틀목수는 모래성을 쌓을 때보다 쌓아 올린 모래성을 견고하게 다질 때 더 신경 써서 일한다. 최종적으로 그걸 점검하는 게 작업반장이다.

근데 몸이 열 개라도 부족한 사람이 또한 작업반장이다 보니 여기저기서 동시다발적으로 쌓고 다지는 모래성을 일일이 확인하지 못한다. 그럴 때 작업반장이 이렇게 말한다.

"철수 씨, 여기 확실하게 오사마리 짓고 나오세요. 철수 씨 믿고, 저는 이 작업장에서 손 텁니다~."

이 말인즉, 나(작업반장)는 더 이상 여기에 신경 쓸 여유가 없다. 철수 너에게 이 모래성에 대한 모든 책임과 권한을 부여하마. 그러니 철수 너는 이 모래성이 무너지지 않도록 꼼꼼하게 다져라. 만약 무너졌을 경우, 나는 물론이거니와 너 또한 그 결과에서 자유로울 수 없을 것이다. 알았느냐?

그러니까 형틀목수에게 '오사마리'란, 단순한 마무리가 아니라 결과에 대한 책임까지 포함한 단어다. 한마디로 네가 싼 똥, 네가 치우라는 얘기다.

책임지지 못했던 삶에 관하여

장담컨대, 책임지지 못한 삶이었다. 얼마나 많은 시간을 무책임한 태도로 주변 사람에게 잘못을 떠넘기고 책임을 회피하며 살아왔는지 모르겠다. 내가 미처 기억하지 못하는, 어쩌면 의도적으로 잊어버린 일까지 더한다면 아마도 그 수를 헤아릴 수 없으리라. 그렇게 난 함께 일했던 동료들에게, 만났던 애인에게, 가족에게 상처를 주며 살아왔다. 심지어는 키우던 고양이에게까지.

내 몸 편해지자고 모르는 척 떠넘겼던 공동 과업들, 함께 미래를 그려보자는 애인에게 "아직은…"이라는 말과 함께 슬쩍 화제를 돌리곤 했던 나날들, 그렇게 저버렸던 신뢰, 부모님 모시겠다던 친형 말에 내심 안도의 한숨을 내쉬었던 순간, 꿈을 찾아 서울에 가겠다며 부모님께 떠넘기다시피 고양이를 맡겼던 날까지…. 나는 그 모든 순간마다 알았다. 내가 얼마나 못난 놈인지. 그런 나를 애써 외면하려고 노력했을 뿐이었음을.

그러면서 나는 나에 대한 혐오를 키워왔던 거 같다. 그런 혐오가 쌓이고 쌓여 마침내 폭발했다. 외딴 방에서 벌거벗은 '못난 놈'과 마주 앉았다. 그때 난 아무것도 할 수 없었다. 이 못난 놈 하나 책임지는 것조차 버거웠다.

그래서 난 책임지지 않는 삶을 살기로 했다. 아주 어리석게도 말이다. 책임질 수 없을 것 같은 일을 만들지 않기로, 책임지지 못할 것 같은 관계를 맺지 않기로 했다. 하던 일과 맺었던 관계를 모두 정리하고 도망치듯 노가다판에 온 것도 그즈음이었다.

아무도 날 모르는 곳에서, 아무런 생각도 하지 않은 채 몸 쓰는 일만 하고 싶었다. 그렇게 얼마간 돈을 모아 어디로든 떠날 생각이었다. 영영 떠날 순 없겠지만, 다만 1년이라도 한국 땅에서 벗어나면 뭔가 길이 보이겠거니, 하고 막연하게 생각했다.

그래서 더 책임질 걸 만들지 않으려고 부단히 노력했다. 당장 내일이라도 마음만 먹으면 떠난다는 각오로 주변을 최소화했다. 하다못해 물건을 하나 사더라도 떠날 때 가져갈 건지 버릴 건지 고민했다. 돌이켜보면 참으로 무모하고 미련한 나날이었다.

노가다판에 오고 얼마나 지났을까. 6개월? 1년? 나는 분명 캐리어를 옆구리에 품고 지냈다고 생각했는데 아니었다. 의식하지 못했을 뿐 나는 또 꾸역꾸역 책임질 것들을 만들었고, 새로운 관계를 맺었다.

그때 비로소 깨달았다. 책임지지 않는 삶이란 불가능하다는 걸 말이다. 다만 한 걸음이라도 걸으면 벌써 발자국이 남고 손끝만 스쳐도 지문이 남는 게 인생일진대, 책임지지 않는 삶이라는 게 도대체가 가당키나 한 걸까? 그런 삶이 가능하다고 나는 진심으로 믿었던 걸까?

책임지지 못하는 자신을 더 이상 미워할 수 없어, 책임지지 않는 삶이 가능할 거라고 스스로를 기만했던 건 아닐까. 잘 모르겠다. 외딴방에서 '못난 놈'과 마주했을 때, 도대체 난 어떤 생각이었고, 어떤 마음이었는지 말이다.

나는 옆구리에 품었던, 아니 품었다고 믿었던 캐리어를 던져버렸다. 떠나면 안 된다고 생각했다. 여기에서조차 도망쳐버리면 영영 못난 놈으로 남을 수밖에 없다고.

오늘도 길냥이 사료를 준다

몇 달 전, 이사했다. 이사하고 며칠이나 지났을까. 고양이 울음소리가 들렸다. 3층이어서 고양이가 있을 거라곤 미처 생각 못 했다. 지붕과 옥상을 넘나들며, 옥상과 연결된 뒷문으로 오는 모양이었다. 반가웠다. 얼른 사료를 사다가 물그릇과 함께 놔줬다.

다음 날 보니 모두 깨끗하게 비어 있었다. 다음 날에도, 그다음 날에도 녀석은 조용히 와서 그릇을 비우고 갔다. 그렇게 '쨍이'와 인연을 맺었다. 한동안은 '쨍이'만 왔는데, 맛집이라고 소문이 났는지 '쫄보', '아수라', '노랭이1', '노랭이2'까지 식구가 늘었다.

그러다 일이 없어 한동안 쉬었다. 주머니 사정이 간당간당했다. 농담 반으로 "에휴~ 내가 굶을지언정 냥이들 사료는 줘야지" 하면서 사료를 '또' 주문했다. 20킬로그램짜리 대용량을 시켰다. 내 얘기 듣던 친구가 웃으며 말했다.

"그렇게 고양이가 좋냐? 그럼 한 마리 데려다가 키우든가. 혼자 지내기 외롭다며?"

"마음은 키우고 싶지. 근데 내가 고양이를 키울 자격이 있나? 그때는 어렸고, 내가 고양이 키우는 걸 너무 쉽게 생각했던 거 같아. 지금도 '댕이'를 생각하면 마음이 아파."

댕이는 내 인생 첫 반려동물이었다. 그전까지 내가 동물을 키우리라곤 상상도 못 했다. 친구 반려묘가 새끼를 몇 마리 낳았다기에 구경이나 한번 하자고 갔다가 고양이의 매력에 푹 빠져버렸다. 그렇게 2년쯤 키웠다. 그러다 서울로 직장을 옮겼다.

서울 월셋집에서는 반려동물을 허락하지 않았다. 부모님께 댕이를 맡길 수밖에 없었다. 엄마에게 고양이 알레르기가 있다는 걸 그때 알았다. 엄마는 약까지 먹어가며 어떻게든 키워보려 했으나 알레르기가 너무 심했다. 결국, 지인에게 입양 보냈다.

"마음이 아프겠지. 그래도 이렇게 고양이를 예뻐하는데, 진지하게 한번 고민해봐~."

"아냐! 다시는 같은 잘못을 반복하고 싶지 않아."

여전히 난 매 순간 주저하면서 살아간다. 무언가를 선택하거나 결정할 때, 내가 또 괜한 일 벌이는 건 아닌가 갈팡질팡한다. 책임지지 않는 삶이 불가능하다는 걸 알면서도, 어떻게든 발자국을 안 남기려고 슬금슬금 걷는다. 아직은 내가 어디까지 책임질 수 있는 놈인지 잘 모르겠다.

하지만 하나만큼은 분명히 안다. 내가 싼 똥은 반드시 내가 치워야 한다. 내가 형틀목수가 되어서야 겨우 깨달은 이치다.

오늘도 난 아침에 일어나자마자, 퇴근하고 집에 오자마자 사료 그릇을 가득 채웠다. '쨍이'와 '쫄보'와 '아수라'와 '노랭이1'과 '노랭이2' 발걸음이 헛되지 않길 바라는 마음으로.

촉촉하게 젖은 사람들

'그곳'에서 한 달 정도 일했다. 나와 함께 일한 사람은 다섯 명이었다. 이틀 정도 지났을 때 나는 그들에게서 일정한 패턴을 읽었다. 언젠간 이 이야기를 글로 옮길 수밖에 없겠다고 생각했다.

노가다들은 아무도 담배를 끊지 못했다

형틀목수 일을 시작한 뒤로 줄곧 큰 현장에서 일했다. 주로 아파트 현장이나 주상복합 현장이었다. 말하자면, 산업안전보건법 시행령 제2장 안전보건 관리체제 등에서 명시한 "상시근로자 300명 이상을 사용하는 사업장(건설업의 경우에는 공사 금액이 120억 원 이상인 사업장)"으로 여러 법정 제재를 받는 그런 현장 말이다.

그러다 지난해 여름, 처음으로 원룸 공사 현장에서 일했다. 위에서 줄줄이 나열한 안전 관련 조치가 전무한 현장이었다. 그곳은 신세계였다. 문득, 스물여섯 살 인도로 배낭여행 갔을 때가 생각났다. 갠지스강 거리는 그 자체로 혼돈과 무질서였다. 그 거리에서 느꼈던 아찔하고도 아득한 감정을, 나는 원룸 현장에서 느끼고야 만 거다.

출근 첫날부터 느낌이 싸했다. 원룸 현장 분위기를 전혀 몰랐던 나는 평소처럼 안전모와 작업용 안전벨트, 안전화를 챙겨 현장에 갔다. 작업반장이 나를 위아래로 훑었다. 이제 막 자대 배치받은 이등병의 빳빳한 군복이 귀여워죽겠다는 표정을 짓더니만, 이렇게 말했다.

"형씨, 원룸은 처음이구나? 하하. 날도 더운데 안전모는 뭐 한다고. 여기선 그런 거 안 해도 되니까 대충 안전화나 신고 들어와요."

그러더니만 담배를 삐딱하게 물고는 망치를 두드리기 시작했다. 참고로, 큰 현장에선 지정된 흡연 구역에서만 담배를 피울 수 있다. 그리고 이건 시작에 불과했다.

아침 8시, 아침밥과 오전 참을 겸해 컵라면을 줬다. 뜨거운 물을 붓고 기다리는데, 작업반장이 종이컵을 하나씩 건넸다. 나한테도 하나 줬다. 영문도 모르고 우선 받아 들었다. 작업반장이 씨-익 웃으며 말했다.

"형씨는 주량이 어떻게 돼?"

그러고는 가방에서 640밀리리터 페트병 소주를 하나 꺼내 내 잔을 채우려 했다.

"아뇨! 저는 술을 전혀 못 해서요. 하하."

"아니, 이 좋은 걸 안 마셔? 그럼 도대체 무슨 재미로 살아?"

노화와 맞서 싸우는 중이었다

아저씨들이 오전 참 시간에 종이컵 가득 나눠 마신 페트병 소주는, 말하자면 워밍업이었다. 라면 국물까지 후루룩 들이켠 아저씨들은 작업반장의 지휘 통솔 아래, 페트병 소주를 각 1병씩 나눠 가졌다. 그걸 뒷주머니에 쑤셔 넣었다. 전장에 나가는 군인들처럼 결의에 찬 표정이었다.

"자 그럼, 또 시작해보자고."

어쩌자고 소주를 각 1병씩 나눠 가진 건지, 그걸 뒷주머니에 쑤셔 넣고 도대체 뭘 시작하겠다는 건지, 나는 알고 싶지 않았다.

아저씨들은 망치질하는 중간중간 뒷주머니에 쑤셔넣었던 소주를 꺼내 홀짝홀짝 들이켰다. 점심시간 전까지, 모조리, 전부 다! 그사이 점심시간이 됐다. 이미 얼굴이 벌게진 아저씨도 한둘 있었다. 식당에 들어서는 작업반장이 신나는 표정으로 이렇게 말했다.

"날도 더운데 가볍게 맥주나 한잔씩 하자고. 으하하하."

'아니, 저기요? 반장님? 가볍게라뇨. 제가 아무리 술을 몰라도, 섞어 마시면 더 빨리 취한다고 알고 있는데?'

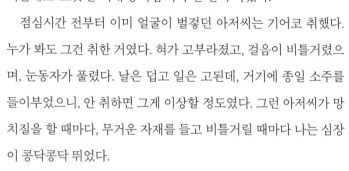

"좋지~ 형씨는 맥주도 못 마셔? 이
건 그냥 음료야. 목 축일 때 마시는 거~
한 잔만 햐."

"아뇨아뇨~ 하하. 저는 맥주 한 잔만
마셔도 취하는 스타일이어서요."

점심밥 먹자마자 30분씩 숙면을 한
아저씨들은 오후에도 '그것'을 뒷주머니에 쑤셔 넣었다. 오후 참
시간에도 '그것'을 꺼내 종이컵 가득 한 잔씩 마셨다.

점심시간 전부터 이미 얼굴이 벌겋던 아저씨는 기어코 취했다.
누가 봐도 그건 취한 거였다. 혀가 고부라졌고, 걸음이 비틀거렸으
며, 눈동자가 풀렸다. 날은 덥고 일은 고된데, 거기에 종일 소주를
들이부었으니, 안 취하면 그게 이상할 정도였다. 그런 아저씨가 망
치질을 할 때마다, 무거운 자재를 들고 비틀거릴 때마다 나는 심장
이 콩닥콩닥 뛰었다.

다행히도 별문제 없이 해가 저물었다. 휴--우. 현장을 나오며 생
각했다. 아, 저렇게 집에 가서 저녁밥 먹자마자 쓰러지듯 잠이 들
겠구나.

그게 대단한 착각이었다는 걸, 나는 다음 날 아침 알아버렸다.
현장에 들어선 작업반장이 아저씨들을 보며 이렇게 말했다.

"어제 그 곱창집은 별루였어. 쐬주가 영 맛이 없더라고."

"그러니까 말여. 어제 얼마들 못 마셨어. 세 병씩 마셨던가?"

　그러고 보니 어제는 첫날이라 미처 깨닫지 못했는데, 그들은 어제도 아침부터 이미 살짝 취해 있었다. 아니, 술이 덜 깬 상태라고 해야 하나. 밤늦게까지 부어라 마셔라 하고는 쪽잠을 자고 새벽에 다시 현장에 나온 것이니, 그 상태를 살짝 취했다고 해야 할지, 아직 술이 덜 깼다고 해야 할지…. 그들은 그렇게 술이 깰까 싶으면 적시고, 깨려고 하면 또 들이붓는 패턴을 매일매일 유지했다. '촉촉'하게 젖어 있는 삶이라고 해야 할까.

뼈는 노동에 닳고 살은 술에 녹아났다

　이야기 전개상 지금부터 산업안전보건법 사각지대라 할 수 있는 소규모 건설 현장의 취약한 안전 문제와 그런 현장에서 일하는 노가다꾼들의 안전 불감증을 지적하는 게 맞을 거다. 물론 중요한 문제지만, 내가 이 글에서 진짜 얘기하고 싶은 건 '왜'이다. 그들은 도대체 왜 그렇게 촉촉하게 젖게 된 걸까에 관한 이야기 말이다.

육체 노동을 하는 사람이 참 먹을 때 약간의 반주를 곁들이는 정도야 농경사회 때부터 이어진 오랜 전통이니, 그걸 이해 못 하는 건 아니다. 그럼에도 불구하고 과하더란 말이다. 내가 일했던 원룸 아저씨들이 유별났던 것도 아니다. 혹시나 그런가 싶어, 언젠가 같이 일하는 형님에게 물었다.

"너야 맨날 큰 현장에서만 일하다가 원룸에 처음 가본 거니까 그런 풍경이 낯설었겠지만, 쪼그만 현장에서는 다들 그렇게 마셔가면서 일해. 출근해서 퇴근할 때까지 두 병씩은 기본이여. 나도 큰 현장에 처음 왔을 때 술 없이 일하려니까 한동안은 죽겠더만. 적응 안 돼서."

왜 그렇게까지 과하게 마실까, 그게 궁금했다. 내 눈엔 술을 즐기는 게 아니라, 빨리 취하고 싶어 작정한 사람들 같아 보였다.

원룸에서 보름쯤 일했을 때였다. 작업반장이 퇴근하는 나를 불러 세웠다.

"형씨, 약속 없으면 밥이나 먹고 가! 요 근처에 괜찮은 장어집 있는데, 오늘은 내가 살 테니까 몸보신이나 좀 하자고."

장어 한 점에 소주 한 잔, 다시 장어 한 점에 소주 한 잔. 알딸딸하게 취한 작업반장에게 넌지시 물었다.

"아니 근데, 매일 이렇게 술 드시면 안 힘드세요? 저 같으면 진작 나가떨어졌을 것 같은데. 하하하."

"다들 사는 게 고달프니까 마시는 겨. 고달프니까… 술기운으로 버티는 거여. 나도 그렇고 이 사람들도 그렇고, 이제 와서 술 끊어 봐. 일을 못 하는 정도가 아니라 인생 자체가 무너질 거여. 아직은 무너지면 안 되니까 버틸라고 마시는 거여. 어떻게 보면 악순환인 거지. 술이 술을 부르는 거여. 형씨는 아직 젊으니까 우리처럼 살지는 말어! 우린들 이렇게 살고 싶었겠어? 으하하하. 자자, 쓸데없는 소리 말고 짠 허자고."

육체노동자들은 목소리가 크다. 화통을 삶아 먹은 것 같다. 술집을 가든 당구장을 가든 제일 큰 소리로 떠드는 이들은 노가다들이다. 그것은 그들이 늘 시끄러운 공사판에서 일하느라 소리를 지르는 게 습관이 되어서이다. 또한 아무도 그들의 말을 귀담아 들어주지 않기 때문이다. 그래서 고래고래, 악을 쓰며 고함을 지르는 것이다.

이 씨발 것들아, 제발 아가리 닥치고 내 말 좀 들어봐!

같은 책(120쪽)

노가다에게 반전 따위가 있을 리 없다

다들 그랬다고 한다. 가진 것 없고 배운 것 없는 인생이었다. 군대 다녀와 노가다판에 왔더니만, 일 못 한다고 욕먹고, 눈치 없다고 욕먹는 신세였다. 돈 없고 빽 없는 인생만으로도 충분히 서러운데 욕까지 먹으면서 일하려니 더럽게 느껴졌다. 그나마 참 먹을 때

나눠주는 한잔 술에 위안을 얻었다. 그것으로 젊은 날 차올랐던 세상에 대한 울분을 식힐 수 있었다.

"내가 형씨한테 별 얘기를 다 하네. 내가 지금도 갑천 근처에도 안 가. 왜 안 가는 줄 알어? 내 둘째 아들이 거기서 죽었어. 군대 휴가 나와서 물놀이하다가. 벌써 10년도 더 된 얘긴데, 가끔 생각나. 그놈이…."

그래도 제때 짝 만나 결혼하고 자식들도 낳았다. 그때는 그래도 사는 재미가 있었다. 평탄하기만 할 것 같던 인생이었다. 예기치 않은 슬픔이 찾아오기 전까지는 말이다. 꼭 참척慘慽의 아픔이 아닐지라도, 인생은 언제나 그렇듯 뜻한 대로 흘러가지 않았다.

생활은 늘 쪼들리는데 양가 부모님 병환으로 병시중하랴 병원비 대랴, 줄줄이 사탕인 형제자매들은 도움은 못 줄망정 사업한다 뭐 한다 돈 빌려 가기 일쑤고, 하루하루 커가는 자식들은 (아저씨들 표현대로 하자면) "눈깔 부라리며 아빠가 해준 게 뭐 있냐고 대들기나 하고", 그런 고단한 세월을 보내며 부부 관계가 때로는 '웬수'가 되기도 했다고.

"그럴 때마다 습관처럼 술을 찾았던 거지. 습관처럼 마시던 술이, 이제는 진짜 습관이 된 거고. 날이면 날마다 취해서 들어가는 남편, 아빠를 누가 좋아하겠어? 땀 냄새에 술 냄새에 쩔어 사는 나 같은 놈을."

언젠가부터 외롭다고 느꼈다. 퇴근하고 집에 가봐야 인사를 하는 둥 마는 둥 자기 방으로 '휙' 들어가는 자식들을 볼 때마다, 날 더운데 수고했다는 한마디 건네주지 않는 아내와 마주할 때마다 먹먹한 마음이 들었다. 귀가 시간이 늦어지기 시작한 것도 어쩌면 그래서인지도 모른다. 아무도 반겨주지 않는 집에 일찍 들어갈 용기가 나지 않았다.

> 스물네평짜리 낡은 임대아파트엔 모두 세명이 살고 있다. 경구와 그의 딸 미숙, 그리고 아들 영민. 그들은 함께 밥을 먹지 않는다. (중략) 그래서 거실은 언제나 어둠에 잠겨 있다. 어쩌다 얼굴이라도 마주치면 징그러운 벌레라도 본 양 황급히 등을 돌려 달아난다. 그것이 경구네 가족이 살아가는 법이었다.
>
> 같은 책(113쪽)

"누굴 탓하겠어? 나 진짜로 가슴에 손 없고 아무도 원망 안 해. 나야 뭐 돈이나 벌어왔지, 자식 키우고 살림하고, 고생은 우리 마누라가 다 했지. 나는 진짜로 죽는 날까지 우리 마누라한테 고맙고 미안한 마음뿐이여. 가진 거라곤 부랄 두 짝뿐인 나 만나가지고 시부모 평생 모시고, 없는 살림 아껴가면서 한푼 두푼 모아서 집 장만하고, 고생 진짜 많이 했어, 우리 마누라.

자식들은 또 어떻고. 첫째 놈 중학교 때 보이스카웃인지 뭔지 하겠다는데, 유니폼이니 뭐니 뭔 돈이 그렇게 많이 들어가? 결국 못

시켜줬잖어. 그게 지금까지 생각난다니까?

왜 그렇게 술을 마시느냐고 물었었나? 으하하하. 살다 보니 그냥 그렇게 된 거여. 이유가 어디 있었어~."

핑계 없는 무덤 없다고, 세상에 사연 없는 사람이 어디 있을까. 그래서 누군가는 엄격한 규범을 들이대며 원룸 아저씨들을 비난할지도 모르겠다. 또 누군가는 고난과 역경을 딛고 성공한 반대 사례를 들어 원룸 아저씨들을 '실패한 삶'으로 낙인찍을지도 모르겠다. 나 또한 그들의 과도한 음주 노동과 안전 불감증을 무조건 옹호하려는 건 아니다. 그럼에도 불구하고, "그냥 그렇게 되어버렸다"고 말할 수밖에 없는 그들의 삶이 자꾸 눈에 밟혔다.

결국 이렇게 늙어가는 걸까? 별로 멀지 않은 미래의 일이지만 아직도 앞날에 대해선 아무것도 짐작할 수 없었다. 다만 두려울 뿐이었다. 그 막막하던 두려움은 점점 더 실체가 분명해지고 있었다. 아이들마저 떠나고 나면 낡은 임대아파트에 혼자 남아 인생의 끝에서 뭐가 기다리고 있는지 확인하게 될 터였다. 환갑이 가까운 노가다에게 반전 따위가 있을 리 없었다.

같은 책(122쪽)

＊《칠면조와 달리는 육체노동자》에서 영감을 많이 받아 쓴 글입니다. 글의 소제목 또한 그 책 속 문장에서 따왔습니다. 일종의 오마주라고 봐도 좋을 듯합니다.

노가다
가라사대

'딜리트'가 아니라 '데나우시'

데나우시　잘못 시공해서 재시공하는 것. "불완전한 곳을 고침"
이라는 뜻의 일본어 'てなおし [데나우씨]'에서 파생했다.

Delete

　여느 때와 같이 글을 쓰고 있었다. 뭔가 맘에 안 들었다. 신경질
적으로 딜리트 키를 팍팍 눌렀다. 단어 몇 개 고친다고 해결될 문
제가 아니었다. 애초에 원고 방향이 잘못됐다. 어쩔 수 없이 문서
를 통째로 휴지통에 버렸다. 미련이 남아 다시 꺼내는 일 없도록
'휴지통 비우기'까지 완료했다. 그러고는 다시 한글 프로그램을 켰
다. 새하얀 작업 창에 커서만 깜빡깜빡했다.

커서를 가만히 보다 새삼 참 쉽다는 생각이 들었다. 문서를 휴지통으로 옮기고 '휴지통 비우기' 버튼을 누르기까지 불과 5초나 걸렸을까. 내 얄팍한 주장과 논리, 미흡한 문장과 부적절한 예시까지 클릭 몇 번으로 완벽하게 삭제했다. 세상에 없었던 일로 만들어버렸다.

사실, 늘 그랬다. 글쟁이로 10년 살았는데 늘 고민 없이 쉽게 썼다. 문장 하나 지우는 게 어려운 일이 아니니까. 여차하면 지워버리면 그만이니까. 아무 일 없었다는 듯 다시 쓰면 되니까. 뭐 대충 그런 마음이었다. 지난 세월 동안 무수히 많은 문장을 딜리트 키로 지워버렸다.

사실은 내 삶도 그런 식이었다. 그게 글쟁이로 살아서 생긴 습관 때문인지, 타고나길 그런 놈으로 타고났는지는 모르겠으나(아마도 후자일 텐데), 세상 거리낄 것 없는 놈처럼 살았다. 상대방의 감정이나 마음 같은 거 헤아리지 않고 아무 말이나 지껄였다. 뱉은 말이나 행동도 딜리트해버릴 수 있다고 여겼던 모양이다.

가까운 사람에게 특히 더 그랬다. 독한 말만 골라 뱉었다. 상처 주려고 작정한 사람처럼 말이다. 그래놓고 쉽게 사과하고, 사과했으면 된 거 아니냐고 되레 화냈다. 또 비슷한 말과 행동으로 상처 주고, 쉽게 사과하고, 사과했으니까 그만 좀 하라고 돌아섰다.

てなおし[데나우씨]

목수 일 시작한 지 얼마 안 됐을 때다. 뭣도 모르고 열심히 망치질하는데 작업반장이 심각한 표정으로 다가왔다.

"아이 ×발. 얀마! 일을 어떻게 하는 거여? 정신 똑바로 안 차릴래? 아 ×발 × 같네. 여기 데나우시 났으니까, 다 뜯어내고 다시 작업해. 아휴 ×발."

"예예? 데나우시요? 데나우시가 뭐예요?"

"니가 오전 내내 작업한 거 다 잘못됐다고! 다시 다 뜯어내라고."

그때 '데나우시'라는 단어를 처음 알았다.

데나우시 상황은 크게 두 가지다. 첫째는 이미 시공했는데 도면이 바뀌었을 때다. 이런 경우는 작업자 잘못이 아니기 때문에 짜증이 나더라도 누굴 탓할 순 없다. 그렇다고 원청과 하청에 따질 순 없는 노릇이니까. 그럴 땐 작업반장도 ×발을 앞에만 붙인다.

"에이 ×발. 야, 여기 데나우시래. 도면 바뀌었다니까, 바뀐 도면 보고 고쳐줘라."

두 번째는 작업자가 도면 잘못 봤거나, 도면은 제대로 봤는데 잘못 시공했을 때다. 어쨌거나 '빼박' 작업자 잘못일 때다. 이땐 작업반장도 입에 거품 문다. 나한테 그랬던 것처럼 '×발'이 추임새처럼 들어간다.

작업반장이 그렇게까지 화를 내는 이유는 우선 타이밍 때문이다. 작업반장이 도면을 들고 다니며 결과물을 확인하는 건, 통상 모든 작업이 끝난 뒤다. 그러니 데나우시를 발견하는 타이밍도 보통은 그때다. 작업반장이 소장한테 "목수팀 작업 다 끝났으니 다음 공정 진행해주세요"라고 보고하기 직전 말이다. 데나우시 나면 그 때문에 이어질 모든 공정을 '올스톱'해야 한다.

잠깐만 기다리라고 하고 금방 수정해주면 되는 거 아니냐고? 그 게 간단치가 않다. 상황을 바꿔, 애인을 집에 초대했다 치자. 배고 픈 애인을 위해 열심히 요리하다가 어라? 태워버렸다. 냄비도 새 까맣게 탔다. 이런 제길. 애인이 기다리니까 급한 대로 새로운 냄 비에 다시 요리를 시작한다. 타버린 음식은 버리면 되고, 새까매진 냄비는 애인이 돌아간 뒤에 철수세미로 박박 닦으면 그만이니까.

그것처럼 데나우시 났으니까 그건 그냥 그것대로 버려두고, 자 리 옮겨 새로운 자재로 작업한다? 목수 일은 그게 불가능하다. 시 공해야 하는 자리와 그에 필요한 자재가 정해져 있다. 어떤 이유로 든 데나우시가 나면 우선 시공한 모든 작업물을 뜯어내야 한다. 말 하자면 새까맣게 탄 냄비부터 철수세미로 박박 긁어내고, 타버린 음식도 물로 헹궈 재활용해야 한다.

이 작업을 현장에서는 바라시[19]라고 하는데, 여기부터 골머리

....
19 '해체', '분해하다'는 뜻으로 철근콘트리트 공사 등에서 거푸집, 비계 등 임시 가설물을 해체할 때 쓰는 말이다. 같은 뜻의 일본어 ばらす[바라쓰]에서 파생했다.

썩는다. 강력본드 칠한 게 붙이긴 쉬워도 떼려면 안 떨어지듯, 목수 일도 시공보다는 바라시가 까다롭다. 못이 박을 때는 시원시원하게 박히는데, 뺄 때는 진짜 안 빠진다. 이리저리 각도를 꺾어가며 몇 번 힘써야 겨우겨우 빠진다.

그렇게 바라시를 다 끝내야만 다시 시공할 수 있다. 그러니까 데나우시 냈다는 건 시공 한 번으로 끝낼 일을, 시공—바라시—시공으로 끝냈다는 말이다. 즉 품이 세 배 이상 들어갔다는 얘기다.

인생에는 딜리트가 없다

데나우시는 대가가 혹독하다. 딜리트 키 누르듯 쉽게 지울 수 없다. 반드시 추가적인 시간과 돈이 들어간다. 때에 따라 우리 팀 동료는 물론, 다른 공정 팀에도 피해를 준다.

더구나 그렇게 혹독하게 대가를 치러도 '휴지통 비우기'처럼 세상에 없던 일로 만들 순 없다. 나무에 남은 수많은 못 자국, 바닥에 널브러진 지저분한 잔재가 명확한 증거다.

이런저런 걸 떠나, 데나우시 낸 나 자신에게만큼은 없던 일로 만들 수 없다. 박았던 못을 하나씩 하나씩 뽑아내고, 나무를 뜯어내고 다시 자르고, 그 나무에 다시 못을 박는 과정에서, 작업반장에게 먹었던 쌍욕과 내 작업이 끝나기만 기다리던 다른 공정 팀 사람들 눈빛과 이런 상황을 자초한 스스로에 대한 분노를, 적어도 자신만큼은 몸으로 기억하게 된다.

그래서 목수는 망치질을 한번 한번 할 때마다, 톱으로 나무 하나하나 자를 때마다 신중에 신중을 거듭한다. 수시로 도면을 검토하고, 줄자를 수백 번 빼 든다.

너무 늦은 깨달음이지만, 이제는 나도 안다. 인생에 딜리트 따위는 없다는 걸 말이다. 사과한다고 마음에 남은 상처가 없어지지 않는다는 것도. 그렇게 새겨진 상처를 보듬고 관계를 회복하기 위해선 더 많은 시간과 노력이 필요하다는 것도. 이제 안다.

물론, 그런 걸 깨달았다고 내 과거가 달라지는 건 아니다. 살면서 뱉은 독한 말과 행동, 그렇게 상대방에게 남긴 상처와 흔적은 영원히 남는다. 그럼에도 늦었지만 사죄하고 싶다. 나로 인해 상처받았던 모든 이에게 말이다. 진심으로 미안하고 또 미안하다고.

노가다
가라사대